MISSING
MAY

Missing May
by Cynthia Rylant

그리운 메이 아줌마

MISSING
MAY

신시아 라일런트 소설
햇살과나무꾼 옮김

율로율로

차례

1부

밤 같은
정적 속에서

1

　메이 아줌마가 돌아가신 날, 오브 아저씨는 트레일러로 돌아와 예복을 평상복으로 갈아입고는 밖에 있던 시보레 승용차 안에 앉아 그날 밤을 보냈다. 내 기억에 그 고물차는 언제나 개집 옆에 있었는데, 무성한 잡초에 둘러싸여 있어서 눈에 잘 띄지도 않았다. 그래서 나는 왜 오브 아저씨가 그 고물딱지를 치워 버리지 않는지 오랫동안 이해하지 못했다. 장례식을 치른 뒤 그 안에 앉아 있는 아저씨를 보기 전까지는. 그때 나는 알았다. 이 세상 어느 누구도 이해하지 못할지라도 오브 아저씨만은 그 고물차가 반드시 그곳에 있어야 할 이유가 있다고 믿었음을. 그리고 메이 아줌마가 돌아가셨을 때 아저씨는 그 이유를 깨달았다는 것을.

나는 그렇게 애틋하게 서로 사랑하는 사람들은 처음 보았다. 두 분을 바라보고 있으면 이따금 눈물이 핑 돌곤 했는데, 6년 전, 그러니까 내가 이곳에 처음 왔을 때 너무 어려서 사랑이 뭔지 생각조차 못 했던 시절에도 그랬다. 그러고 보면 내 마음속 깊은 곳에서는 언제나 사랑을 생각하고, 사랑을 보고 싶어 했나 보다. 어느 날 밤, 오브 아저씨가 부엌에 앉아 메이 아줌마의 길고 노란 머리를 땋아 주는 광경을 처음 보았을 때, 숲속에 가서 행복에 겨워 언제까지나 울고 싶은 마음을 꾹 참았으니까.

기억은 나지 않지만 나도 그렇게 사랑받았을 것이다. 틀림없다. 그렇지 않고서야 그날 밤 오브 아저씨와 메이 아줌마를 보면서 둘 사이에 흐르던 것이 사랑이라는 것을 어떻게 알았을까? 우리 엄마는 살아 계셨을 때 윤기 나는 내 머리카락을 빗겨 주고, 존슨즈 베이비 로션을 내 팔에 골고루 발라 주고, 나를 포근하게 감싼 채 밤새도록 안고 또 안아 주었던 게 틀림없다. 엄마는 자신이 오래 살지 못한다는 사실을 알고 있었고, 그래서 다른 엄마들보다 훨씬 더 오랫동안 나를 안아 주었던 게 틀림없다. 그리고 그때

받은 넉넉한 사랑 덕분에 나는 다시 그러한 사랑을 보거나 느낄 때 바로 사랑인 줄 알 수 있었던 것이다.

엄마가 돌아가신 뒤 아무도 나를 맡으려 하지 않았을 때도, 이모나 삼촌들 손에 끌려 이 집 저 집 전전할 때도 나는 그 사랑을 가슴속 깊이 간직했으며, 아무도 나를 친딸처럼 받아들이지 않아도 투정을 부리거나 남들을 미워하지 않았다. 가엾은 우리 엄마는 나를 받아 줄 누군가가 나타날 때까지 내가 살아갈 수 있을 만큼 넉넉한 사랑을 남겨 두고 간 것이다.

그러던 어느 날, 오브 아저씨와 메이 아줌마가 웨스트버지니아에서 찾아왔고, 조그만 여자애를 보자마자 작은 천사라고 여기며 나를 자신들의 집으로 데려갔다.

집은, 지금도 그렇지만, 낡고 녹슨 트레일러로 파예트 군 한복판에 자리잡은 딥 워터 마을의 산자락에 박혀 있었다. 처음에 그 트레일러는 마치 하늘나라에서 하느님이 가지고 놀다가 잘못해서 떨어뜨린 장난감처럼 보였다. 트레일러는 아래로, 아래로 하염없이 떨어지다가 쿵 하고 이 산에 내려앉은 것 같았다. 비록 한쪽으로 기울어져 덜컹거리긴 했지만, 고맙게도 망가진 곳 하나 없이. 어쨌든 트레일러는 그만하면 멀쩡했다. 뒷면에 알루미늄 칠이 벗겨진

것과 창문 하나가 달아난 것, 그리고 꺼져 가는 현관 계단만 빼면.

오브 아저씨와 메이 아줌마와 함께 트레일러에서 보낸 첫날 밤처럼 천국 가까이 갔던 때는 내 평생 다시 없을 것이다. 그곳이 천국이었던 것은, 나이 지긋한 두 분이 집 앞에 낡은 자동차를 세운 순간부터 다 쓰러져 가는 녹슨 트레일러를 어린 꼬마가 살 만한 보금자리로 바꾸기 시작했기 때문이다. 그것도 오하이오에 사는 친척을 만나러 갔다가 뜻하지 않게 맡게 된 어린아이를 위해서. 몸집이 커서 앞자리에 앉아야 했던 메이 아줌마는 몸을 일으키자마자 그네를 어디에 매달지 얘기했고, 오브 아저씨는 자동차 문을 채 닫기도 전에 나무 위에 지을 집을 열심히 머릿속에 그렸다. 나는 구불구불한 웨스트버지니아의 시골길을 달려오느라 속이 울렁거려서 침을 꿀꺽 삼키며 고개를 끄덕이고, 또다시 침을 꿀꺽 삼키며 고개를 끄덕였다. 토하지 않고 웃으려고 애쓰면서.

하지만 트레일러 안에 들어섰을 때, 나는 두 분이 많은 것을 바꾸지 않아도 어린 여자아이를 충분히 행복하게 해 줄 수 있음을 한눈에 알아차렸다. 메이 아줌마가 불을 켠 순간, 온 벽을 뒤덮은 듯한 선반에 걸린 바람개비들이 가

장 먼저 눈에 들어왔다. 그때까지 보았던 바람개비와는 딴
판이었지만, 나는 금방 바람개비라는 것을 알아보았다. 오
하이오 주 사람들은 바람개비를 울타리에 걸어 놓거나 정
원에 세워 놓고 새들을 쫓았다. 바람개비는 어느 것이나
거의 비슷했다. 바람결에 빙글빙글 도는 로드러너나 닭,
오리가 대부분이었다. 만화 주인공들도 인기가 좋았다. 장
난꾸러기 고양이 가필드가 산들바람에 미친 듯이 팔을 돌
리고 있는 정원도 많았다.

　그동안 많은 바람개비를 보았지만 오브 아저씨네 바람
개비 같은 것은 처음이었다. 오브 아저씨는 예술가였다.
'예술가'라는 단어는 당시 어린 꼬마였던 내가 쓸 수 있는
말이 아니었지만, 바람개비를 보자마자 나는 그런 생각이
들었다. 오브 아저씨네 바람개비들 가운데 가축이나 만화
주인공은 하나도 없었다. 그것들은 '신비'였다. 오브 아저
씨는 그렇게 말했고, 나는 아저씨의 말뜻을 금방 알아들었
다. 어떤 바람개비는 천둥 치는 폭풍을 나타냈는데, 정말
로 천둥 치는 폭풍처럼 먹빛과 잿빛을 띠고 있었으며 무시
무시하면서도 아름다웠다. 또 천국에 대한 아저씨의 생각
을 표현한 바람개비도 있었는데, 언제라도 거기에서 천사
들이 떨어져 나와 금빛으로 빛나며 유유히 트레일러 안을

날아다닐 것만 같았다. '불과 사랑과 꿈과 죽음'이라는 바람개비도 있었다. '메이'라는 바람개비도 있었는데, 다른 바람개비보다 작은 날개들이 많고 모두 순백색이었다. 그건 메이 아줌마의 '영혼'이라고 오브 아저씨는 말했다. 그리고 그 날개들이 꽂혀 있는 떡갈나무 가지는 메이 아줌마의 '힘'이라고 했다.

메이 아줌마가 머리 위의 선풍기를 켜자, 바람개비들이 일제히 빙글빙글 돌기 시작했다. 나는 선반 앞에 서서 그 경이로운 광경을 지켜보았다. 나는 마치 이상한 나라에 떨어진 앨리스라도 된 것 같았고, 마술에 걸린 아이, 선택받은 아이가 된 것 같기도 했다. 그때의 기분은 지금도 잊을 수 없다.

메이 아줌마는 바람개비로는 모자라다는 듯이, 나를 부엌으로 데려가 찬장과 냉장고 문을 활짝 열고 말했다.

"서머, 뭐든지 먹고 싶은 대로 먹으렴. 다른 걸 먹고 싶으면, 오브 아저씨가 엘릿네 가게에서 사다 주실 거야. 마음대로 먹으렴, 아가."

오하이오에서는, 항상 누군가가 해야만 하는 숙제 같은 신세였던 그곳에서는 먹는 일이 조금도 즐겁지 않았다. 내가 잠깐씩 지냈던 집들은 하나같이 음식에 대해 몹시 까다

로웠고, 내가 먹을 음식에 대해서는 특히 더 그랬다. 그 상황을 어떻게 설명해야 할까. 어쨌든 나는 어느 단추를 눌러야 컵 속에 먹을 것이 떨어질지 몰라 허둥대는 실험실 속의 생쥐가 된 심정이었다. 우리에 갇힌 채 먹이를 구걸하는 생쥐. 바로 그런 심정이었다.

나는 넋이 빠질 만큼 다양한 음식이 들어 있는 메이 아줌마의 찬장 속을 눈으로 더듬었고, 그러면서 다시 자유로워졌다. 초콜릿 속에 바닐라 크림이 든 오리오 쿠키와 고소한 감자칩, 커다란 스니커즈 초콜릿 봉지들이 눈에 들어왔다. 늘 한 번만 먹어 봤으면 했던 조그만 종이갑 주스들도 있었다. 달콤한 마시멜로가 가득 든 봉지와 새콤달콤한 스파게티오 깡통들, 맛있는 꿀이 가득 들어 있는 곰 모양의 플라스틱 통도 보였다. 냉장고 안에는 얼음처럼 시원해 보이는 진짜 콜라병들과 커다란 수박 반쪽이 자리를 차지하고 있었다. 그리고 그 가운데 단연 최고는 '허시'라고 쓰여 있는 진짜 초콜릿 우유였다.

이렇게 불과 꿈의 바람개비들, 반짝이는 콜라병들과 초콜릿 우유 갑들이 나를 반갑게 맞아 주었다. 그때 나는 여섯 살이었고, 마침내 집을 찾았다.

2

  메이 아줌마는 밭을 가꾸다가 돌아가셨다. '밭을 가꾼
다'는 표현은 아줌마가 즐겨 쓰던 말이다. 파예트 군에서
는 누구나 밭에 일하러 나간다는 표현을 썼는데, 그 말은
어쩐지 흙먼지 속에서 땀을 뻘뻘 흘리면서 투덜거리며 일
하는 광경을 떠올리게 한다. 그러나 메이 아줌마는 밭을
'가꾸었고', 아줌마가 그렇게 말하면 아주 사랑스러운 사
람이 머리에 노란 꽃 모자를 쓰고 어깨에 작은 울새들을 잔
뜩 앉힌 채 귀여운 분홍 장미를 다듬는 장면이 떠오른다.
  물론 메이 아줌마는 평생 꽃 모자 하나 없었고, 아줌마
의 밭도 여느 밭들처럼 실용적이었다. 장미나무 대신 굵은

콩대와 튼실한 배추와 단단한 당근이 온 밭을 차지했다. 그 밭은 믿음직스럽고 정겨웠다. 오브 아저씨도 나도 나중에는 아줌마가 그 정겨운 밭에서 자라는 사랑스러운 채소 사이에 있다가 하늘나라로 떠났으니 잘된 일이라고 생각했다. 아줌마는 그 밭에서 마지막 작별 인사를 하고, 오브 아저씨가 말했듯이 눈부시게 새하얀 영혼이 되어 천국으로 떠난 것이다.

밭에서 돌아가신 것. 아줌마의 죽음에서 그나마 위안거리는 이것뿐인 듯했다. 나머지는 모두 엉터리 같았다. 아줌마가 돌아가신 지 어느덧 여섯 달 가까이 되었고 오브 아저씨와 나는 아줌마 없이 벌써 두 계절을 맞이했지만, 아저씨와 둘이서 어떻게 생활을 꾸려 가야 할지 나는 아직도 막막하기만 하다.

그동안 우리는 그저 아줌마를 그리워하며 가슴 아파했을 뿐, 아무것도 한 일이 없다. 나는 우리가 이토록 상실감에 휩싸이리라고는 상상도 못 했다. 분명히 우리는 지금보다 훨씬 강인한 사람들이었다.

겨울은 한결 힘들었다. 산마을의 2월은 혹독한 시간이다. 아침이면 나는 캄캄한 어둠을 뚫고 통학 버스를 타러 산 아래로 내려갔고, 집에 혼자 남은 오브 아저씨는 그런

내 모습을 창 너머로 물끄러미 내다보았다. 나는 허공 속을 떠 가는 것 같았다. 예전에 내가 더 어렸을 때는 오브 아저씨나 메이 아줌마가 찻길까지 따라나와 어둠 속에서 덜덜 떨면서, 피가 잘 돌아야 한다며 나더러 발을 구르라고 했다. 그러다 보면 어느덧 버스 불빛이 산등성이의 나무들을 가르며 비쳐 나왔고, 이내 누군가가 내 손을 잡고 나를 56번 버스의 덜덜대는 히터 쪽으로 데려갔다.

하지만 나는 이제 열두 살이고, 통학 버스쯤은 혼자서 타야 한다. 혹독한 2월의 어둠이 내게 불러일으킨 것은 결코 두려움이 아니었다. 산에서 살기 시작한 이래, 나는 어떤 것도 두려워해 본 적이 없었다. 그것은 단지 쓸쓸함일 뿐이었다. 등 뒤에는 오브 아저씨가 바람개비들이 잠들어 있는 낡은 트레일러 속에 혼자 남아 있고, 나는 이 캄캄한 길을 혼자 걷는다. 아저씨도 나도 메이 아줌마가 몹시 그립다. 이 어둠, 이 겨울, 그리고 이 차디찬 새벽에 누군가를 그리워한다는 것은 참으로 고약한 일이다.

그러나 너무나 당혹스럽게도, 너무나 놀랍게도 오브 아저씨는 우기고 있다. 메이가 여기에 있었어. 지금도 있어. 바로 여기에 말이야, 하고 아저씨는 말했다. 아줌마가 벌써 며칠 전에 집에 돌아와 진짜로 우리와 함께 있다고 말이다.

그날은 일요일이었고 아저씨와 나는 우유통을 잘라 새 모이통을 만들고 있었다. 그런데 갑자기 아저씨가 윗몸을 벌떡 일으키더니, 칼을 내려놓고 뭔가 지나가는 소리라도 들은 개처럼 귀를 쫑긋 세웠다.

"아저씨?"

하고 내가 불렀다.

오브 아저씨는 무슨 냄새라도 맡으려는 듯 코를 킁킁거리며 멍한 표정을 지었다.

"아저씨?"

나는 다시 아저씨를 부르며 마음속에서 불안감이 꿈틀대는 것을 느꼈다.

아저씨는 차려 자세를 명령받은 군인처럼 갑자기 고개를 꼿꼿이 쳐들었다.

"이런!"

나는 심장이 쿵쿵 뛰기 시작했다.

"무슨 일이에요, 아저씨?"

오브 아저씨는 앙상한 손가락으로 얼마 남지 않은 머리카락 속을 쑤셔 대더니 얼빠진 표정으로 땅바닥을 내려다보았다. 아저씨는 뒷주머니에서 회색 손수건을 꺼내 코를 풀었다. 그러고는 이내 손수건을 반듯하게 접어 다시 한 번 코를 세게 풀더니 뒷주머니에 도로 쑤셔 넣었다. 아저씨가 굳은 표정으로 나를 바라보았다. 전에도 그런 표정을 본 적이 있었다. 아저씨가 어떤 계시 같은 것을 받았을 때 짓는 표정이었다. 오브 아저씨는 심오한 사색가였고, 곧잘 계시를 받곤 했다.

"그 사람이 우리 곁에 있어."

아저씨는 마치 "지금은 2월이야" 하고 말하듯이, 너무나 아무렇지도 않게 말했다.

"네에?"

나는 칼을 옆에 내려놓았다.

"메이가 우리 곁에 있어, 바로 지금. 하느님께 맹세해. 난 느낄 수 있어, 서머. 마치 방금 유리잔에 따라서 마신 것처럼 머리끝부터 발끝까지 말이야."

아저씨는 다시 고개를 설레설레 저으며 먼 곳을 바라보았다. 아무래도 정상으로 보이지 않았다. 하기야 아저씨는 평소에도 그다지 정상으로 보이지는 않았다. 아저씨는 늘 이카보드 크레인(워싱턴 어빙의 소설 『슬리피 할로의 전설』에 나오는 주인공. 머리가 없는 사람이 말을 타고 가는 것을 보았다 며 공포에 떤다: 옮긴이) 같은 데가 있었다. 아줌마의 죽음이 그런 아저씨를 더욱더 허깨비처럼 만들어 놓았다.

하지만 아저씨가 정말로 어떻게 되어 버렸다는 생각은 들지 않았다.

내가 물었다.

"아줌마를 어떻게 느꼈는데요?"

아저씨가 어깨 너머로 돌아보았다.

"뭐라고?"

나는 다시 물었다.

"아줌마가 어땠는데요? 그러니까, 뭐랄까, 음, 가볍게, 천사처럼 느껴졌나요? 무슨 말 같은 건 안 했어요?"

아저씨는 새 모이 자루로 눈길을 돌리며 곰곰이 생각에 잠겼다. 그러더니 마침내 입을 열었다.

"어땠냐면, 예전에 오하이오에 가려고 짐을 쌀 때 같았어."

"오하이오에 가려고 할 때 같았다구요?"

나는 메이 아줌마가 고작 오하이오에나 가려고 돌아가셨다고는 짐작도 못 했다.

아저씨는 천천히 고개를 저었다.

"옛날에 말이야, 우리가 오하이오에 사는 친척들을 보러 가려고 짐을 꾸릴 때마다 그 사람은 늘 가고 싶은 마음 반,

여기 있고 싶은 마음 반이었지. 좀처럼 마음을 정하지 못했어. 여길 떠나 있는 사이에 혹시 집이 없어져 버릴까 봐 걱정하곤 했지. 불이 나서 이 집이랑 바람개비들이 몽땅 타 버리면 어쩌나, 물에 휩쓸려 가 버리면 어쩌나 하고 말이야. 그 사람은 이 트레일러가 없어지는 걸 아주 끔찍히 두려워했단다. 그러면서도 오하이오에 사는 친척들하고 멀어지면 어쩌나 싶어서 늘 안절부절못했지. 안 보고 지내는 사이에 누군가 덜컥 죽기라도 하는 건 아닌가 싶어서 말이야. 그 사람 부모님이 홍수 때 그렇게 돌아가셨거든. 그래서 가끔은 이곳을 떠나 친척들의 안부를 확인하러 가곤 했지."

아저씨는 깊은 한숨을 내쉬었다.

"꼭 그렇게 우리가 오하이오에 가려고 짐을 꾸릴 때 같았단다."

아저씨는 내가 이해하리라는 듯 간단히 말했다.

뭐랄까, 물론 나도 이해는 했지만 마음이 썩 편치는 않았다. 메이 아줌마가 우리 곁으로 돌아오게 될 줄은 정말 몰랐다. 또 아줌마가 왔다는 지금도, 그저 아줌마가 마음을 정했으면 싶다. 정말이지 아줌마가 그랬으면 좋겠다. 아줌마가 죽어서 하늘나라로 갈 때 어떤 후회도 슬픔도 근

심도 없었으면 했다. 메이 아줌마가 우리에게 밝은 빛을 비추어 주면서, 아줌마는 아주 잘 있다고, 우리가 상상하는 것보다 훨씬 잘 지내고 있다고 말해 주었으면 싶었다. 나는 정말이지 아줌마가 걱정에 휩싸여 있지 않길 바랐다. 자신이 떠난 것이 옳았는지, 집 안의 전기 플러그들은 모두 뽑혀 있는지, 스토브는 꺼져 있는지 하는 걱정에.

나는 영혼을 믿는다. 천사라는 말이 더 그럴싸해 보이기는 하지만 영혼이라는 말이 더 정확한 것 같다. 그래서 아저씨가 메이 아줌마가 여기 있다고 하면, 나는 있다고 믿는다.

메이 아줌마도 사람이 죽으면 영혼이 된다고 믿었다. 아줌마는 홍수 때 돌아가신 부모님이 늘 아줌마를 지켜보고 있다고 말하곤 했다. 가엾은 메이 아줌마. 그 일이 일어났을 때, 아줌마는 겨우 아홉 살이었다. 비는 하루 낮 하루 밤을 내리고도 모자라 이튿날까지 퍼부었고, 산이 더 이상 빨아들이지 못한 빗물이 시냇물을 덮쳐 6미터나 되는 물기둥으로 솟구치며 메이 아줌마네 식구들이 곤히 잠들어 있는 골짜기로 밀어닥쳤다. 큰물이 거대한 해일처럼 작은 골짜기를 덮쳤고, 마을의 집들은 모두 산산조각이 났다. 커다란 트럭들이 거꾸로 뒤집혀 물살에 둥둥 떠내려갔다.

수많은 나무들이 반으로 쪼개졌다.

　아줌마의 어머니(아줌마는 항상 '엄마'라고 불렀다)는 큰물이 밀어닥치는 소리를 듣고 잠자리에서 벌떡 일어나 아줌마 방으로 달려왔다고 한다. 그러고는 자고 있는 어린 딸을 번쩍 들어 올려 낡은 양철 빨래통에 집어넣었단다. 그것이 메이 아줌마가 기억하는 전부였다. 정신을 차려 보니 아줌마는 빨래통에 탄 채 집에서 10킬로미터나 떨어진 곳을 둥둥 떠 가고 있었고, 물 속에서 허우적대던 늙은 고양이 한 마리를 건져 올렸다고 한다. 아줌마의 어머니 아버지는 세상에서 영원히 사라지고 말았다.

　하지만 메이 아줌마는 그분들이 아줌마를 지켜보았다고 한다. 혼자서 자라는 동안 아줌마의 마음속에서는 무엇을 하고 무엇을 해서는 안 되는지, 또 자신이 어떤 길로 가야 할지 일러 주는 강렬한 느낌이 한시도 떠나지 않았다는 것이다. 그 느낌 때문에 아줌마는 나무 한 그루도 제대로 보이지 않을 만큼 캄캄한 밤에 어떤 청년의 차에서 나올 수 있었다. 그분들은 그 수상한 이웃을 믿지 말라고 일러 주었고, 라이스라는 그 청년은 그 뒤 경찰에 붙잡혀 감옥으로 실려 갔다. 그리고 어느 날 두 분은 메이 아줌마에게 오브라는 남자와 평생을 함께 지내라고 일러 주었다.

아줌마는 늘 입버릇처럼 말하곤 했다. 자신이 오브 아저씨와 만난 다음에야 어머니 아버지가 비로소 마음을 놓고 하늘나라에서 열리는 성대한 잔치에 갔다고. 그리고 아줌마네 아버지는 아마도 하느님의 몸에 묻은 감자 샐러드를 닦고 있을 거라고.

나는 메이 아줌마처럼 좋은 사람은 보지 못했다. 오브 아저씨보다도 훨씬 좋았다. 아줌마는 오직 사랑뿐인 커다란 통 같았다. 오브 아저씨와 내가 몽상에 빠져 헤매고 다닐 때도, 아줌마는 항상 이 트레일러에서 우리가 돌아와 아늑하게 쉴 수 있도록 집을 지키고 있었다.

아줌마는 사람들의 마음을 이해했고, 누가 어떻게 행동하든 간섭하지 않았다. 아줌마는 만나는 사람 하나하나를 다 믿었고, 그 믿음은 결코 아줌마를 저버리지 않았다. 어느 누구도 아줌마를 배신하지 않았으니까. 아마도 사람들은 아줌마가 자신들의 가장 좋은 면만 본다는 점을 알고, 아줌마에게 그런 면만 보여 줌으로써 좋은 인상을 남기려고 했던 모양이다.

오브 아저씨도 온종일 바람개비나 만지작거리는 해군 출신의 상이군인이라는 사실을 부끄러워하지 않았고, 나도 몇 년 동안 이집 저집 떠돌아다닌 고아라는 사실이 부끄

럽지 않았다. 아줌마는 아저씨와 나의 자랑이었다.

우리는 강하다고 느꼈다. 하지만 이제는 더 이상 강하지 않다. 그리고 이제 오브 아저씨의 찢어진 가슴을 치유할 길을 찾지 못하면, 아저씨도 돌아가시고 말 것 같다. 아저씨마저 메이 아줌마 뒤를 쫓아 떠나 버린다면, 나는 저 바람개비들에 둘러싸인 채 혼자 남게 될 것이다. 그래서 우리는 지금, 밤 같은 정적 속에서 간절히 기도하고 있다. 날개를 달라고. 멀리 날아갈 수 있도록 우리에게 진짜 날개를 달라고.

3

　만약 클리터스한테 메이 아줌마가 돌아왔다고 한다면,
그 애는 그런가 보다 하고 넘겨 버렸을 것이다. 클리터스
는 죽은 사람의 혼 따위는 안중에도 없다. 마치 그 이상한
머릿속에서는 그런 생각을 할 겨를이 없다는 듯이.

　정말이다. 지난 가을 클리터스가 고물 자동차 주위를 얼
쩡거릴 때, 나는 아저씨한테 저런 아이와는 상대하지 말라
고 했다. 클리터스네 식구가 롤리 군에서 이사 온 뒤부터
1년 동안 클리터스와 함께 통학 버스를 타고 다녔는데, 그
애는 아무래도 정상이 아니었다. 맨 처음 전학 왔을 때, 클
리터스는 감자칩 봉지를 모았다. 그러자 전교생이 그 애한

테 주려고 갖가지 과자 봉지들을 챙기기 시작했다. 그러고는 집으로 가는 버스에서 저마다 역사책 갈피에서 납작하게 눌린 반짝거리는 과자 봉지들을 꺼내 뒷자리에 앉은 그 애한테 앞다투어 전해 주곤 했다. 나는 거기에 끼지 않았다. 미친 놈, 하고 나는 생각했다.

그다음에는 단추였다. 그다음에는 숟가락 모으기. 그 애는 식물 채집에도 열을 올렸지만, 얼마 못 가서 자기는 식물 가꾸기에는 영 소질이 없다며 그만두었다. 그러고 나서는 포장지 수집 열풍이 불었다. 클리터스는 생일을 맞은 아이는 하나도 빼놓지 않고 찾아다녔다.

그러다가 나중에는 사진을 모으기 시작했는데, 이번에는 거기에 진득이 마음을 붙인 것 같았다. 1학년이라면, 아니 딥 워터 중학교 학생이라면 클리터스가 사진을 모은다는 사실을 모르는 아이가 없었다. 작년 11월부터 클리터스가 오브 아저씨의 고물차 주위를 얼쩡거리기 시작하면서 오브 아저씨와 나도 그 사진들을 잘 알게 되었다. 그것도 너무 많이.

우리가 클리터스를 가운데 두고 소파에 바짝 붙어 앉아 책 표지며 시리얼 상자에서 오려 낸 얼굴 사진이며 〈라이프〉지에 실린 사진들을 주거니 받거니 하는 광경을 봤다면, 메이 아줌마는 무슨 생각을 했을까? 우리는 신문에 실린 사교 단체의 사진과 허브차 포장지에서 뜯어낸 통통한 아기곰 사진을 찬찬히 구경했다. 부동산 소식지에 실린 꿈의 저택 사진과 '아홉 개의 목숨'이라는 고양이 먹이통에서 오려 낸 고양이 사진도.

클리터스는 '이야기가 담긴 사진'을 찾는다고 한다. 그러고는 나한테 자기 사진에 어울리는 얘기를 써 달라고 자꾸만 치근덕거린다. 작문 시간에 레이시 선생님이 내가 쓴 글들을 칭찬했기 때문이다. 하지만 클리터스의 낡아 빠진 비닐 여행 가방 속에 있는 사진들을 뒤적이며, 그 애 말처럼 '공동 작업'을 하는 건 죽기보다 싫다. 안 봐도 뻔하다. 나랑 클리터스가 콘플레이크 상자에서 오려 낸 사진을 보며 그 속에 숨어 있는 의미를 찾아내려고 애쓰는 꼴이라니. 하느님 맙소사.

클리터스는 혹시 그 고물차 바닥에 옛날 신문들이 깔려 있지 않을까 싶어 살펴보던 중이었다. 그날은 메이 아줌마 없이 고통스러운 추수감사절을 보낸 다음 날, 그러니까 토요일 아침이었다.

오브 아저씨가 창밖을 내다보다가 물었다.

"저 아인 누구냐?"

"클리터스 언더우드예요."

나는 느닷없이 우리 집 마당에 나타난 클리터스를 보고 입이 딱 벌어져서 대답했다.

우리는 클리터스가 자동차 뒷문 손잡이를 잡고 낑낑대는 모습을 빤히 지켜보았다.

"저 고물 손잡이를 훔쳐 갈 셈인가?"

오브 아저씨의 물음에 나는 "글쎄요……" 하고 대답할 수밖에 없었다.

오브 아저씨는 클리터스를 조금 더 지켜보더니, 이윽고 식탁 의자에 걸쳐 놓았던 외투를 집어들었다.

내가 물었다.

"어디 가세요?"

"인사하러."

오브 아저씨는 그렇게 대답하고는 밖으로 나갔다.

과연 짐작대로 오브 아저씨는 혼자 돌아오지 않았다. 클리터스 언더우드와 함께 집 안으로 들어온 것이다. 고물차 옆 덤불에서 낡아 빠진 자기 여행 가방을 챙겨 가슴에 꽉 끌어안은 그 괴짜 녀석과 함께.

"안녕, 서머!"

그 애가 헤벌쭉 웃으며 말했다.

나는 장단을 맞춰 주기 싫어서 그저 "응" 하고 시큰둥하게 대꾸하고는, 그 애 입에서 지겨워서 더는 못 있겠다는 소리가 나오게 하려고 애썼다.

하지만 클리터스는 가지 않았다. 우리 집에 그냥 있었다. 꼬박 일곱 시간이나. 그 애는 오자마자 점심을 먹고 놀다가 저녁까지 얻어먹고서야 돌아갔다. 그 괴짜 클리터스 언더우드와 함께 보낸 끔찍한 일곱 시간이란……!

그런데 희한하게도 오브 아저씨는 그 애를 아주 좋아했다. 지난 여름 메이 아줌마가 우리 곁을 떠난 뒤로 오브 아저씨가 무슨 일에 흥미를 보인 것은 그때가 처음이었다. 클리터스가 마치 제 집처럼 편안히 죽치고 앉아 여행 가방 속에 든 사진들을 보여 주면서 간간이 자기 이야기를 들려주자, 오브 아저씨의 얼굴빛이 환해지면서 활기를 띠었다. 얘기를 나누다 보니까 오브 아저씨는 롤리 군에서 온 클리터스네 부모님은 몰라도 파예트 군에 사는 클리터스네 친척들은 몇 사람 알고 있었다. 그래서 조 언더우드가 더럼의 기계 공장에서 일한다는 이야기와 베티 언더우드가 금발을 검게 물들였고 차고를 고쳐 도예점과 종교 서점을 차렸다는 이야기를 듣고 무척 반가워했다.

알고 보니 클리터스네 부모님도 오브 아저씨만큼이나

나이가 지긋하고 바깥에 잘 나가지 않는 모양이었다. 아마
도 그때문에 클리터스와 오브 아저씨가 그렇게 쉽게 친해
진 듯했다. 클리터스는 나이 많은 사람들과 어울리는 데
익숙했다. 게다가 오브 아저씨는 자기보다 더 괴짜인 사람
은 누구든지 좋아했다.

우리가 소파에 앉아서 클리터스의 사진들을 구경하는
동안, 텔레비전에서는 〈로렌스 웰크 쇼〉 혼자 떠들고 있었
다. 그 쇼는 아주 오래된 프로그램인데, 애청자들이 많아
서 계속 방영되고 있었다. 우리는 오브 아저씨가 바비 인
형과 켄 인형이 탱고를 추는 장면을 보는 동안만 그 여행
가방에서 눈을 떼었다. 오브 아저씨는 탱고를 무척 좋아했
다. 클리터스는 싱글벙글거리며 탱고 춤을 구경하다가 춤
이 끝나자 박수를 쳤다. 그러고 나서 우리는 다시 사진으
로 눈길을 돌렸다.

"이 사진은 이발소에서 얻은 거예요."

클리터스는 얼굴에 기름기가 번지르르한 남자가 머릿
기름을 선전하는 사진이 담긴 두꺼운 종이를 꺼내며 말
했다.

"이 사진을 보면요, 머릿기름을 바른 남자가 너무 깔끔
을 떤다는 걸 알 수 있어요. 이 사람은 늘 손톱에 낀 때를 빼

고, 코털을 뽑고, 이를 쑤시죠. 아마 자가용 서랍에는 이쑤시개가 통째로 들어 있을걸요. 틀림없이 자기 겨드랑이 냄새까지 킁킁 맡을 거라구요."

그 말에 나는 할 말을 잃었다. 너무나 어처구니가 없었다. 하지만 오브 아저씨는 그렇지 않았다. 오히려 이 머릿기름 사나이한테 호기심이 생기는지, 클리터스의 뚱뚱한 손에서 그 광고지를 건네받아 찬찬히 들여다보기까지 했다.

오브 아저씨는 자신 있게 고개를 끄덕이며 클리터스에게 말했다.

"듣고 보니 그럴듯하구나. 겨드랑이 얘기만 빼고. 이 사람은 비위가 약해서 겨드랑이 냄새는 못 맡을 거야. 하지만 다른 이야기는 다 맞는 것 같아."

우리는 11월부터 줄곧 이런 이야기들을 했다. 머릿기름을 바른 남자가 겨드랑이 냄새를 맡느냐 안 맡느냐 하는 따위의 이야기들을.

그래도 나는 클리터스가 고맙다. 그 애가 크리스마스 아침에 1000조각짜리 그림 퍼즐을 가지고 온 덕분에 오브 아저씨는 끔찍한 시간을 즐겁게 보냈다. (클리터스 말로는, 자기랑 부모님은 크리스마스 이브에 칠면조를 먹고 선물도 주고받아서, 정작 크리스마스 아침에는 할 일이 없단다.) 클리터스는 오브 아저씨와 나란히 앉아 12시간 동안 꼬박 퍼즐 조각만 맞추었다. 그림 조각들은 거의 갈색이었다. 갈색 모래밭에 갈색 피라미드, 갈색 사람들. 내가 보기엔 완전히 고문이었다. 하지만 클리터스와 오브 아저씨는 어항을 앞에 둔 고양이들처럼 그 놀이에 푹 빠졌고, 나는 두 사람이 행복하게 몰두할 수 있도록 냉동 칠면조를 다섯 마리나 데워 주고 몇 번이고 콜라 잔을 채워 주었다. 그리고 나머지 시간에는 아저씨가 사다 준 필리스 휘트니의 책을 읽었다. 필리스 휘트니의 소설은 언제 봐도 재미있다. 무엇보다도 책을 읽는 순간만큼은 메이 아줌마를 잊을 수 있었다.

그로부터 두 달이 지난 지금, 우리는 암울한 2월의 한가운데에 와 있다. 살며시 다가오는 메이 아줌마와 조금씩 멀어져 가는 오브 아저씨, 그리고 지푸라기 하나라도 붙잡으려고 애쓰는 클리터스와 나. 메이 아줌마는 이곳 웨스트 버지니아 주의 딥 워터로 이사 온 일을 두고 곧잘 웃음을 터뜨렸다. 아줌마는 물이나 비라면 벌벌 떠는 사람이었는데, 하느님께서 아줌마의 유머 감각을 시험하려고 딥 워터라는 곳에 보금자리를 주셨다면서 말이다. 아줌마는 결코 하느님을 실망시키지 않았다. 메이 아줌마는 처음 보는 사람들한테 자기가 어디서 사는지 말해 주곤 했는데, '딥 워터'라고 말할 때마다 보란 듯이 씨익 웃으며 하늘을 쳐다보곤 했다. 마치 하느님을 장난스레 팔꿈치로 쿡 찌르기라도 하듯이.

지금 메이 아줌마가 여기 있다면, 나와 클리터스에게 말했을 것이다. 사람이든 물건이든 우리에게서 떨어져 나가려는 것들은 꼭 붙잡으라고. 우리는 모두 함께 살아가도록 태어났으니 서로를 꼭 붙들라고. 우리는 모두 서로 의지하며 살아가게 마련이니까.

아줌마는 우리가 함께 살 수 있는 곳이 이 세상만이 아니라고 일러 주곤 했다. 이 세상의 삶에서 우리가 바라는 것을 모두 얻지 못한다고 실망하지 말라고. 또 다른 생이 우리를 기다린다고.

하지만 바로 그 점에서 메이 아줌마와 나는 생각이 달랐다. 나는 나에게 행복이 다시 찾아오리라는 말을 믿을 수 없었다. 오랜 세월을 외톨이로 지냈던 나는, 오브 아저씨와 메이 아줌마를 만나 지낸 세월 자체가 바로 죽어서 간 천국이라고 여겼다. 그렇게 멋진 일이 어떻게 나한테 또다시 일어난단 말인가. 도저히 상상할 수 없었다.

클리터스는 나더러 꼭 세파에 찌든 노인네 같다고 한다.

잘못하다간 내가 대형 할인점에서 계산대 출구를 지키는 의심 많은 아줌마들처럼 될 거란다.

한번은 그 애가 말했다.

"서머, 그 돌덩이들 좀 내려놔. 그렇게 무거워서 어떻게 사냐?"

내가 그렇게 애늙은이가 되어 인생의 무게에 허덕였던 것은 메이 아줌마가 우리 곁을 떠났기 때문이다. 오브 아저씨는 메이 아줌마의 빈자리를 메워 줄 사람이 필요했고, 나는 내 나이가 쉰 살이라면 그 빈자리를 메울 수 있을 거라고 생각했나 보다.

그렇지만 요즘 오브 아저씨한테 위안이 되는 사람은 오직 그 괴짜 클리터스뿐인 것 같다. 그리고 이제, 메이 아줌마 차례다. 아줌마가 잠시만이라도 우리 곁에 머물러 줄 수 있다면…….

4

"야, 이것 좀 봐."

나는 통학 버스 통로로 손을 내밀어 클리터스가 건네주는 것을 받아 들었다.

조금씩 스러져 가는 새벽빛처럼 빛이 바랜 오래된 아기 사진이었다. 하얗고 풍성한 가운을 입은 아기가 들판 한복판의 높다란 의자에 앉아 있었다. 아기의 긴 옷자락이 의자를 다 가리고 커튼처럼 늘어져 있어서 얼핏 보면 아기가 공중에 붕 뜬 채로 카메라를 바라보고 있는 것 같았다.

"묘한 사진이네."

내가 사진을 돌려주며 말했다.

"이런 사진은 박물관에 걸려 있어야 하는데 말이야."

클리터스는 기름기 흐르는 머리카락 한 올을 눈가에서 걷어 내며 말했다.

클리터스의 검은색 머리카락은 길고 곧았는데, 내 눈에는 기름때가 잔뜩 낀 것 같았다. 클리터스는 딱히 고약한 냄새를 풍기지는 않지만, 목욕을 자주 하는 것 같지는 않다. 참고 참다가 더 이상 견딜 수 없을 지경이 되어서야 겨우 샤워나 하는 그런 아이일 것이다.

클리터스가 말을 이었다.

"이게 바로 초현실이라는 거야. 실제 사물을 엿가락처럼 죽죽 늘여서 형태를 완전히 뒤틀어 놓은 것 말이야. 거 있잖아, 헨리 할머니가 주름살을 편 것처럼."

나는 웃음이 나왔다. 헨리 할머니는 1학년 미술 선생님인데 쪼글쪼글해지는 얼굴이 고민스러웠던 모양이다. 그 선생님은 딥 워터에서 유일하게 주름살 제거 수술을 받았는데, 찰스턴 시까지 나가서 수술을 받았지만 다른 마을 사람들도 그 얼굴만 보면 수술했다는 걸 눈치챌 수 있을 정도이다. 헨리 선생님의 팽팽한 얼굴살은 꼭 갑자기 탁 풀려서 마을 반대쪽으로 팅 하고 날아갈 것만 같았다.

"그 사진 어디서 났는데?"

나는 사진을 한 번 더 보려고 클리터스 쪽으로 몸을 기울이며 물었다.

"응, 데이비스 아줌마한테 가게에서 뭐 사다 드릴 거 없냐고 물어보러 갔었거든. 그때 아줌마한테 내 가방을 보여 드렸더니, 나더러 집 안으로 들어오라는 거야. 그러더니 벽장문을 열고 맨 꼭대기 선반에서 커다란 상자를 내리더라고. 어, 그런데 그 상자 속에 이런 게 잔뜩 들어 있지 뭐야. 꼭 금광이라도 발견한 기분이었어."

"그럼 아줌마가 사진을 주었단 말이야?"

클리터스는 고개를 끄덕였다.

"몽땅 가져오고 싶은 마음이 굴뚝같았지만, 그냥 잠자코 있었어. 상자에 든 초콜릿을 하나씩 맛볼 때처럼 사진들을 들춰 보기만 했지. 그렇게 몇 시간이고 죽치고 앉아 사진들을 하나하나 들여다보았어. 아줌마는 애당초 나한테 사진을 줄 생각은 없었던 것 같아. 하지만 결국 사진 한 장이라도 쥐여 줘야 내가 갈 거라는 것을 눈치챘지. 그래서 이 사진을 준 거야."

나는 허공에 둥실 떠 있는 아기를 찬찬히 바라보았다.

"아줌마가 골라 준 거야, 아니면 네가 고른 거야?"

"내가 골랐어. 이렇게 초현실적인 걸 놓칠 수는 없지."

나는 고개를 설레설레 저었다.

"넌 정말 못 말리는 애야. 어떻게 무슨 곰팡이처럼 남의 집에 꾹 눌러앉아 있다가 기어코 사진을 얻어 올 수가 있지?"

클리터스는 사진을 한 번 더 보고 나서는 수학책 갈피에 끼워 넣었다.

"무슨 소리, 아줌마도 좋아하셨어. 그 아줌마는 찾아오는 사람도 없다구."

하지만 나는 말도 안 된다며 다시 고개를 저었다. 나는 클리터스 앞에서는 언제나 고개를 젓는다. 그 애가 내 생활에 자꾸 끼어들기를 바라거나 의도하지 않았다는 것을 그 애한테 끊임없이 일깨워 주어야 한다는 듯이.

"오브 아저씨는 어떠셔?"

클리터스가 물었다.

오브 아저씨. 유난히 추웠던 오늘 아침, 오브 아저씨는 잠자리에서 일어나면 늘 마시던 코코아도 타지 않았다. 아저씨는 내가 깨어 일어나 도시락을 싸서 제시간에 집을 나서는지 지켜보았다. 하지만 코코아는 마시지 않았다.

"잘 지내셔."

나는 대답했다.

클리터스는 나를 물끄러미 바라보았다. 마치 내 눈 속에 떠오른 아저씨 모습을 보고 아저씨의 상태를 짐작이라도 하겠다는 듯이. 하지만 나 역시 아저씨의 속마음을 알지 못해서 클리터스에게 해 줄 말이 없었다. 글쎄……. 메이 아줌마가 찾아왔다는 사실만 빼면. 하지만 클리터스는 더 이상 캐묻지 않았다.

어차피 그건 아무래도 상관 없었다. 그날 밤 저녁을 먹은 뒤, 클리터스는 오브 아저씨한테 직접 그 이야기를 들었으니까.

"클리터스, 너는 사후 세계라는 걸 믿냐?"

오브 아저씨가 클리터스에게 블랙 커피 한 잔을 건네주며 물었다.

클리터스는 기도회를 마치고 집으로 가는 길에 잠깐 들른 참이었다. 클리터스는 기도를 하려고 교회에 간 것은 아니라고 했다. 기도회가 끝나면 반드시 도넛을 주니까 간다나.

나는 그때 역사 숙제를 하느라 신문에서 여성 참정권에 관한 기사를 읽다가 아저씨의 말을 듣고 숨을 죽였다.

"물론 믿죠."

클리터스는 커피를 홀짝거리며 대답했다. 기다란 머리

카락 한 올이 금방이라도 커피에 빠질 것 같았다.

"한 번 갔다 온 적도 있는걸요."

오브 아저씨의 얼굴이 환해진 순간, 내 얼굴은 어두워졌다.

"설마."

"아마 일곱 살 때였을 거예요."

클리터스는 안락의자에 등을 기대며 이야기를 시작했다.

"그 전날 밤에 우리 할아버지가 큰 병을 앓다가 돌아가셨거든요. 이튿날 식구들은 모두 슬픔에 잠긴 채 장례식 준비를 하느라 나는 거들떠보지도 않았어요. 그래서 난 혼자 강가에 가서 장례식이 끝날 때까지 물수제비나 뜨기로 했죠. 어휴, 그런데 강둑에 서서 돌을 던지다가 그만 물에 빠졌지 뭐예요? 진짜로 죽는 줄 알았어요. 발이 미끄러졌는지 어쨌는지, 강물에 빠진 거예요. 헤엄은 조금도 칠 줄 모르는데. 하지만 하느님 말씀이 다 맞더라구요, 아저씨……."

오브 아저씨는 커피잔을 내려놓고 똑바로 앉아 클리터스의 말에 귀를 기울였다.

"난 죽었어요. 정말요. 그때 눈앞에서 한 줄기 빛이 비치기에 그 빛을 잡으려고 손을 내밀었어요. 그리고 그 빛을 따라가다 보니까 갑자기 사방이 눈부시게 하얘지더니, 하느님께 맹세컨대, 할아버지가 나를 바라보며 웃고 계시지 않겠어요? 또 믿기 어렵겠지만, 3년 전에 죽은 강아지 키케로도 내 곁에 있었고요."

클리터스는 잠깐 이야기를 멈추고 커피를 몇 모금 마셨다. 그러는 동안 오브 아저씨와 나는 금방이라도 터질 시한폭탄을 앞에 둔 사람처럼 그 애한테서 눈을 떼지 못했다. 우리는 숨죽여 다음 이야기를 기다렸다.

"그래서 내가 할아버지를 막 끌어안고 키케로도 도닥여 주면서 좋아하고 있는데, 문득 말소리가 들리는 거예요. '클리터스, 이제 집에 가려무나.' 분명히 그렇게 말했어요. 나더러 집에 가라고요. 그러더니 할아버지와 키케로가 가물가물 멀어져 가면서 갑자기 엄청나게 춥고 온몸이 묵직해지는 거예요. 꼭 흠뻑 젖은 양탄자를 둘둘 감고 있는 것처럼요. 정신을 차려 보니까, 나는 미친 듯이 웩웩 토하고 있고, 윌리 삼촌이 나더러 물에 빠져 죽을 뻔했다면서 때려죽일 듯이 난리를 치고 있더라구요."

클리터스는 오브 아저씨와 나를 보며 씩 웃었다.

젠장. 나는 눈앞이 캄캄해졌다.

아저씨가 큰 소리로 말했다.

"천국이다! 그래 넌 천국에 갔다 온 거구나, 클리터스!"

클리터스는 고개를 끄덕였다.

"네, 틀림없어요."

"그렇다면 네가 나 대신 메이하고 이야기를 할 수도 있 겠구나. 그 사람이 얼마 전부터 자꾸 날 찾아오는데, 영혼 의 목소리 같은 건 들어 본 적이 없어서 통 알아들을 수가 있어야지. 그러니까 통역해 줄 사람이 필요하단다."

클리터스의 입이 쩍 벌어졌다.

"메이 아줌마가 아저씨한테 말을 했다고요?"

"두 번."

두 번이라고? 나는 한 번으로만 알고 있는데. 아저씨랑 새 모이통을 만들던 때, 그러니까 맨 처음 것만. 갑자기 가 슴이 쓰라렸다. 오브 아저씨가 두 번째 일은 내게 말하지 않았다는 사실에, 그리고 이제 아저씨가 모든 것을 털어놓 는 상대는 내가 아니라 클리터스라는 사실 때문에. 나는 그 어느 때보다도 아저씨한테서 멀어졌고, 아저씨는 아저 씨대로 나는 나대로 홀로 떠다니고 있는 것 같았다. 그동 안 아저씨는 우리 둘 다 그토록 잘 알고 있는 이 세상의 삶 을 제쳐 두고, 어쩌면 메이 아줌마를 찾을 수 있을지도 모 른다는 막연한 생각 하나만으로 또 다른 생에 이르러 보려고 애썼다니. 나는 어떻게 해야 아저씨를 내 곁에 붙들어 놓을 수 있을지 알 수 없었다. 아저씨는 이미 죽은 자들의 세계에 발을 들여놓고 있었다.

클리터스가 아저씨에게 말했다.

"하지만 아저씨, 나는 무당도 아니고 아무것도 아닌걸요. 물론 한 번 갔다 온 적이 있으니까 영혼 세계가 영 낯설지만은 않아요. 방학 때 놀러 갔다 온 곳을 생각하는 것 같다고나 할까. 그렇다고 영혼들이 전하는 말 같은 걸 들어 본 건 아니에요. 아는 영혼도 없고요, 그러니까 개인적으로 말이에요."

오브 아저씨는 그 말을 인정하려 들지 않았다.

"상관없어. 저세상에 갔다 왔으니까 뭔가 달라도 다를 거야. 네가 우리 집에 있는 것만으로도 도움이 될지 몰라."

오, 맙소사! 클리터스가 뭔가 구실을 얻어서 지금보다 더 자주 우리 집에 들락거리게 되다니, 생각만 해도 아찔했다. 오브 아저씨는 이제 클리터스가 저승 세계와 통하는 안테나라도 되는 양 이 애를 우리 집에 붙박아 놓으려고 했다.

"하지만 아줌마는 클리터스를 알지도 못하잖아요."

어떻게든 아저씨의 헛된 바람을 깨뜨리려고 나는 어설프게 항의했다.

하지만 오브 아저씨는 클리터스를 바라보며 빙긋 웃고는 그 애의 무릎을 톡톡 쳤다.

"직접 만나지는 못했어도 그 사람은 이 아이를 알아볼게다, 서머."

아저씨는 클리터스의 호기심 어린 얼굴에서 눈을 떼지 않은 채 말했다.

"어쩌면 메이는 지금까지 우리랑 같이 이 아이의 사진들을 구경하고 있었는지도 몰라. 그 사람은 클리터스를 알고 있어. 이 아이의 강아지까지 알고 있을 거라구."

오브 아저씨의 얼굴에서 웃음기가 차츰 사라지더니 아저씨는 손으로 눈가를 훔쳤다. 순간 어느 때보다도 지쳐 보이는 아저씨를 보며 나는 가슴이 무너지는 것 같았다.

클리터스와 나는 서로 멍하니 바라보았다.

5

저승 세계의 안테나가 우리 집에 다시 찾아왔을 때, 아저씨는 그 아이를 데리고 메이 아줌마의 텅 빈 밭으로 나갔다. 애처롭기 짝이 없는 광경이었다. 그 겨울, 두툼한 외투와 털장화를 신은 우리 세 사람은 말라 죽은 식물 줄기들 가운데 서서 한때 그 흙으로 모든 것을 키웠던 한 여인이 생명의 신호를 보내 주기를 기다리고 있었다. 그 여인이 키운 것은 비단 식물들만이 아니었으니까.

나는 메이 아줌마가 정말로 나타나리라고는 기대하지 않았다. 하지만 오브 아저씨는 필사적이었고, 온 마음을 다해 기적을 믿는 것을 보자 나도 마음 한구석에 아줌마의 따스한 영혼이 날아와 우리 곁에 살포시 내려앉을지도 모른다는 기대를 품게 되었다. 메이 아줌마는 생전에 우리를 한 번도 실망시키지 않았고, 자신이 필요한 곳에 늘 있어 주었다. 아줌마가 그렇게 미더운 기억만을 남겨서, 우리는 바보스러울 정도로 순진한 희망에 더욱더 매달렸나 보다.

클리터스는 이 모든 일을 어떻게 생각했는지 모르겠다. 이야기하고 설명하는 쪽은 언제나 오브 아저씨였고, 그 애는 처음으로 아무 말 없이, 마치 아주 어린 아이처럼 순순히 아저씨를 따라서 죽은 콩대와 브로콜리 사이를 지나 한 번도 만난 적 없는 어느 여인이 사랑한 곳으로 나아갔다.

아저씨는 바로 그 곳에서 메이 아줌마의 이야기를 들려주며 클리터스의 눈앞에 아줌마의 모습을 생생히 그려 주면, 그 반향이 밭을 가득 채우고 퍼져 나가 아줌마를 우리에게 데려올 수 있으리라 생각한 것이 틀림없다. '귀가 따갑도록 말한다'는 말처럼.

그렇게 우리는 서 있었다. 외투 주머니에 손을 푹 찔러넣은 채 아저씨는 클리터스를 바라보고, 클리터스는 하늘을 올려다보고, 나는 땅바닥을 내려다보면서. 오브 아저씨는 메이 아줌마가 생전에 얼마나 훌륭한 아내였는지, 그리고 아저씨와 나에게 얼마나 상냥하게 대해 주었는지 이야기했다. 나는 그 이야기를 듣고 조금 놀랐다. 아저씨가 굵직굵직한 일들을 이야기할 줄 알았으므로. 이를테면 아줌마가 3년 동안 아저씨 몰래 꼬박꼬박 적금을 부어서 아저씨가 그렇게나 갖고 싶어 하던 비싼 대패톱을 사 준 일. 내가 수두에 걸려 열이 펄펄 끓고 헛소리를 해 댈 때, 너무 아파서 차라리 죽고 싶었을 때, 아줌마가 자그마치 32시간 동안 눈 한 번 붙이지 않고 나를 간호한 일이라든지 하는 것들을.

하지만 아저씨는 그렇게 훌륭한 일들은 입에 올리지도 않고, 사소한 일만 골라서 이야기했다. 아줌마가 단 하루도 빠짐없이 아저씨의 아픈 무릎을 연고로 문질러 주어서, 아저씨가 다음 날 아침에 일어났을 때 걸어다닐 수 있게 해 주었던 일. 내가 꼬마였을 때, 아줌마가 집안일을 하다 말고 밖에서 그네를 타고 노는 나를 창 너머로 내다보며 "서머, 우리 귀여운 아기. 세상에서 제일 예쁜 우리 아기" 하고 다정하게 불러 주던 일. (나는 아저씨의 말을 듣고서야 그 일이 생각났다.) 이렇듯 그동안 아저씨가 마음속에 소중히 간직했던 따스한 기억들이 기다렸다는 듯이 흘러나왔다.

클리터스는 줄곧 하늘을 쳐다보다가 이따금 아저씨를 돌아보며 이야기를 듣고 있다는 뜻으로 고개를 끄덕였다.

클리터스는 귀덮개가 달린 털모자를 쓰고 있었는데, 한순간 나는 클리터스가 그 귀덮개를 펄럭거리며 찰리 브라운 만화에 나오는 스누피처럼 날아올라 밭을 가로질러 사라지는 장면을 떠올리고는 미친 듯이 낄낄거리고 싶은 충동을 느꼈다.

하지만 그 모자는 얌전히 있었고, 클리터스도 아주 진득하게 아저씨가 하고 싶어 하는 말을 다 들어 주었다. 마치 장례식에 온 듯한 느낌, 얼어붙은 땅에다 사랑하는 애완동물을 방금 묻은 듯한 느낌이었다. 어떻게 보면 그 상황은 메이 아줌마의 장례식보다 더 장례식답고 푸근했다. 일단 장례식을 직업으로 삼은 장의사나 목사 같은 외부인들이 오면 사람들의 슬픔마저 어떤 틀에 맞춰야 한다. 마치 극장에 들어갈 때 누구나 줄을 서는 것처럼, 또는 병원에 가서 앉아 있는 것처럼.

메이 아줌마가 돌아가셨을 때 아저씨와 나는 그저 트레일러 안에서 서로를 부둥켜안고 몇 날 며칠이고 엉엉 울고 싶은 마음뿐이었다. 그렇지만 우리에게는 그럴 짬도 없었다. 사람들은 결혼을 하거나 교회에 다니거나 아이를 키울 때와 마찬가지로 친척이 죽어서 슬픔에 잠기는 시간도 정해진 틀에 따르기를 바란다. 메이 아줌마가 돌아가셨을 때 아저씨와 나는 장례식장을 찾아가 사무적인 일들을 처리하고, 목사를 찾아가 종교 절차를 얘기했으며, 그전에는 얼굴도 보기 힘들었던 수십 명의 친척과 의미 없는 이야기들을 나누었다. 우리는 그들이 준비한 음식을 먹어야 했고, 그들의 포옹을 받아들여야 했다. 우리가 혹시 신경쇠약에 걸리지 않았나 하고 안색을 살피는 눈길도 그대로 받아 낼 도리밖에 없었다.

장례식을 치르는 동안, 오브 아저씨와 나는 난데없이 사교계의 명사라도 된 듯했고, 그렇게 우리는 머리를 쥐어뜯으며 목놓아 통곡할 기회조차 빼앗기고 말았다. 사람들은 우리가 어떤 틀에 맞춰 슬퍼하기를 바랐다.

그래서 지금 이 황량한 밭에 서서 메이 아줌마를 되살리려는 오브 아저씨의 말소리를 듣고 있자니, 이미 장례식을 통해 정리되었어야 할 뭔가가 비로소 내 안에서 정리되는 것 같았다. 이상하게도 클리터스는 장의사도, 목사도, 친척들도 하지 못한 일을 우리에게 해 주고 있었다. 그 애는 두툼한 입술을 꾹 다물고 오브 아저씨의 넋두리 한마디 한마디를 귀담아들으면서 더없는 위안을 안겨 주었다. 클리터스에게는 내가 미처 몰랐던 능력들이 있음을, 나는 차츰 깨달아 갔다. 말을 해야 할 때와 하지 말아야 할 때를 정확히 가려내는 능력도 그중 하나였다.

오브 아저씨는 마침내 메이 아줌마를 기리는 찬양의 잔을 다 비우고 나서 침묵을 지켰다. 그러고는 클리터스를 따라 하늘로 눈길을 돌렸다. 나도 홀린 듯이 아저씨를 따라 고개를 들었다. 까마귀 한 마리가 머리 위로 날아갔다. 아저씨의 가쁜 숨소리와 콧물이 흐르기 시작한 클리터스가 코를 훌쩍이는 소리만 간간이 들릴 뿐, 주위는 죽은 듯이 고요했다.

클리터스도 나도, 아저씨가 먼저 움직이기 전까지는 꼼짝도 하지 않았다. 아저씨는 라디오 주파수를 맞추듯 고개를 이리저리 갸웃거렸다. 이윽고 아저씨가 '후—' 하고 깊은 한숨을 내쉬자, 우리는 아줌마가 아저씨에게 오지 않았음을 알았다. 아저씨는 힘겹게 고개를 내젓더니, 텅 빈 트레일러 쪽으로 혼자 걸어갔다.

우리는 아저씨가 언덕을 넘어 트레일러 속으로 사라지는 모습을 지켜보았다. 그러고는 서로 마주 보며 실망이 깊게 밴 한숨을 쉬었다.

"계속 저러다간 병이 나거나 정신이 나갈지도 몰라."

이런 말을 하다 보니, 울컥 목이 메고 눈물이 핑 돌았다.

클리터스는 어깨를 으쓱하고는 묘한 웃음을 지었다.

"하지만 덕분에 아저씬 할 일이 생겼잖아. 아침에 자리에서 일어날 수 있도록 말이야."

나는 고개만 가로젓고는 아무 말도 하지 않았다. 그 일이 나를 얼마나 고통스럽게 하는지, 클리터스에게는 말하기 싫었다. 나는 오브 아저씨의 삶에 활기를 불어넣어 줄 수 없었다. 아저씨 곁에 남아 아저씨를 사랑하는 것만으로는 아무것도 할 수 없는 것, 그게 내 고통이었다.

클리터스가 나를 바라보며 말했다.

"너는 아저씨가 아줌마를 느낀다는 말 안 믿지, 그렇지?"

나를 나무라는 듯한 말투였다.

나는 클리터스를 노려보았다.

"그래서? 내가 믿거나 말거나, 무슨 상관이야?"

클리터스는 어깨를 으쓱했다.

"아무 상관 없어. 다만 네가 좀 더 상상력이 있을 줄 알았거든. 너는 어쨌든 작가니까."

"난 작가 아냐."

"아 그래, 절대 아니지."

클리터스는 짜증이 역력한 표정으로 대꾸했다.

"너, 나한테 설교하지 마."

나는 소리를 지르거나 울음이 터져 나올 지경이었지만,

그 어느 것도 하고 싶지 않았다. 그저 클리터스가 더 이상 나를 몰아붙이지 않기만 바랄 따름이었다.

클리터스는 멀리 숲을 바라보더니 담담하게 말했다.

"아줌마가 아저씨한테 준 건 바로 그걸 거야."

나는 자세를 바로잡았다.

"뭐라고? 아줌마가 뭘 줬다고?"

클리터스는 바닥에 쪼그리고 앉더니, 마른 브로콜리 잎사귀 하나를 만지작거렸다.

"너도 알겠지만, 오브 아저씨의 바람개비는 그게 뭔지 한눈에는 알아볼 수 없어. 강아지나 고양이 같은 건 하나도 없지. 아저씨는 현실에 존재하는 것에는 관심이 없으니까. 아저씨는 마당을 꾸밀 장식품 따윈 안 만들잖아. 예술 작품을 만들지. 나는 아저씨가 왜 바람개비들을 마당에 내다 놓지 않는지 알아. 아저씨는 이웃 사람들을 즐겁게 해 줄 생각 같은 건 없거든. 메이 아줌마는 그런 아저씨에게 상상력을 발휘할 여지를 준 거야."

클리터스는 내 얼굴을 똑바로 바라보았다.

"아저씨에게는 상상의 세계가 있어, 서머 너랑 똑같이. 하지만 넌 항상 그걸 떨쳐 버리려고 애쓰지."

클리터스한테서 그 말을 듣는 순간, 나는 더 이상 이길 수 없을 것 같았고, 이 세상 삶에서는 어떤 일에서도 정상에 오를 수 없을 것 같았다. 심지어 내가 왜 클리터스를 그토록 싫어했는지조차 생각나지 않았다. 나는 클리터스보다도 못한 아이였다.

나는 돌아서서 걸어갔다. 머릿속이 아득했다. 나야말로 둥그런 양철 빨래통을 타고 빙글빙글 돌면서, 6미터 높이로 치솟은 물에 휩쓸려 이 산에서 떠내려가고 있는 것은 아닌지. 딥 워터에서 영원히 길을 잃은 채.

2부

자유로이

6

나는 오랫동안 헤매지는 않았다.

머리카락에 기름기가 잔뜩 낀 괴짜 모습을 하고 안내자가 내게 찾아왔고, 절망에 빠진 나는 이제 그 애의 손에 횃불을 넘겨주고 있었다. 그 애가 이 지옥 같은 어둠 속에서, 더 이상 집이라고 부를 수 없는 이곳에서 우리를 끌어내 주기를 바라면서.

메이 아줌마를 불러내는 데 실패한 그다음 날, 그러니까 오브 아저씨가 서글프게 한쪽 길로 떠나고, 나는 나대로 참담하게 나머지 한쪽 길로 걸어간 그다음 날, 국어 시간에 배운 '대단원' 같은 일이 일어났다. 그날 일을 계기로 우리의 삶은 급격한 전환점을 맞이했고, 우리 세 사람은 새로운 길 위에 서게 되었으며, 동화책에 나오는 도로시와 허수아비와 겁쟁이 사자처럼 진짜 오즈의 마법사를 만나게 되리라는 희망을 품게 되었다. 그 에메랄드 시에서 오브 아저씨의 영혼에 안식을 찾아 줄 뭔가를 구할 수 있으리라 기대하며.

메이 아줌마가 오지 않았던 그다음 날 아침, 오브 아저씨는 자리에서 일어나지 않았다. 나를 깨우지도 않았다. 나는 악몽을 꾸다가 불현듯 뭔가 잘못되었다는 것을, 아주 중요한 뭔가를 놓쳐 버렸다는 것을 깨닫고 벌떡 일어났다.

물론 그중 하나는 통학 버스였다. 그날은 월요일이었는데, 아저씨는 웬일인지 5시 반에 나를 깨워 주지 않았다. 나는 7시에 일어났지만, 학교에 가기엔 너무 늦은 시간이었다. 어쩌면 하느님은 내가 집에 남아 있도록 일부러 늦잠을 재우셨는지도 모른다. 그날 일어난 모든 사건이 하느님이 계획하신 대로 이루어지게 하기 위해서.

나는 허겁지겁 일어나 트레일러 반대편 끝에 있는 오브 아저씨 방으로 뛰어갔다.

나는 방문을 두드렸다.

"아저씨?"

아무 대답이 없었다.

"아저씨, 일어나셨어요?"

이 문을 열면 무엇이 기다리고 있을까 생각하니, 숨이 턱 막히고 신경이 바늘 끝처럼 곤두섰다. 나는 오래전부터 아저씨가 돌아가실까 봐 걱정하면서, 벌써 마음속으로는 아저씨가 누울 관과 아저씨가 맬 마지막 넥타이까지 골라 놓았을 정도다. 오늘 아침이 바로 그날일지도 모른다는 불안감이 스쳐 지나갔다.

"서머냐?"

아저씨의 가냘픈 목소리가 들렸다.

나는 아저씨의 목소리에 조금 안심을 하고 방문을 살짝 열었다. 밖은 아직도 어두컴컴해서 침대에 누운 아저씨의 앙상한 몸만 어렴풋이 보일 따름이었다. 아저씨가 두려워한다는 것을 느낄 수 있었다.

"아저씨, 괜찮으세요?"

나는 가까이 다가가서 아저씨의 팔을 잡으려고 손을 내밀었다.

"어디 편찮으세요, 아저씨?"

아저씨가 손을 들어 내 손을 감싸 쥐었다. 그러고는 고개를 저으면서 내 손을 자꾸만, 자꾸만 도닥였다. 나는 어떻게 해야 할지 몰랐다.

나는 침대 끝에 걸터앉았다. 새벽 어스름 속에서 아저씨 얼굴이 잿빛으로 보였다. 아저씨는 꼭 의학 실습실에 누워 있는 가엾은 희생양 같았다.

"왜 그러세요, 아저씨?"

안개가 짙게 내려앉은 듯한 침침한 방 안에서, 아저씨의 뺨 위로 흐르는 눈물을 볼 수 있었고 느낄 수 있었다.

"내가 늦잠을 잤구나."

아저씨가 나직하게 말했다.

아저씨는 평생 동안 단 하루도 늦잠을 자지 않았고, 나도 그 사실을 잘 알고 있었다. 아저씨는 아침 해처럼 어김없이 일찍 일어나는 사람이었다.

나는 아저씨 손에서 내 손을 빼내 어깨를 쓰다듬어 주었다.

"괜찮아요, 아저씨. 누구나 늦잠을 자는걸요."

그렇지 않다는 걸 잘 알고 있으면서도, 나는 그렇게 말했다.

"더 주무시고 싶으면 계속 주무세요. 저는 가서 커피를 끓일게요. 그리고 일어나시면 달걀 프라이랑 코코아도 만들어 드릴게요."

오브 아저씨는 내가 그렇게 하도록 놔두었다. 창피해서

혼자 있고 싶은 것이다.

그게 어떤 심정인지 나는 안다. 내가 초등학교 4학년 때, 선생님이 우리한테 서로의 모습을 글로 써 보라고 했다. 그 글들을 반 아이들에게 읽어 주고 누구를 그렸는지 알아맞히게 하겠다면서.

선생님이 읽은 글들 가운데에는 옷이나 머리 모양이 궁상맞게 그려진 점으로 보아 몹시 불우하다고 짐작되는 여자아이에 대한 글이 있었다. 반 아이들은 그 애가 누구인지 다 안다는 표정들이었다. 오직 그 글의 주인공만 어리둥절해하고 있었다.

지금까지 살면서 그때만큼 내가 상황을 재빨리 파악하지 못한 순간도 없었다. 그 글의 주인공이 나라는 사실을, 아니 그 글을 쓴 아이의 눈에 비친 나를 깨닫는 순간, 나는 한시라도 빨리 든든한 메이 아줌마와 오브 아저씨가 있는 집으로 돌아가, 내 방이라는 안식처에 틀어박히고 싶다는 생각밖에 없었다.

하지만 나는 그날 수업이 끝날 때까지 아이들 틈에 앉아 있어야 했다. 나를 훤히 드러내 놓고서.

혼자 있고 싶은 아저씨의 심정, 이해가 간다.

나는 부엌으로 가서 학교에 전화를 걸어 결석하겠다고

한 다음, 커피를 끓였다. 그날 아침 낡은 56번 버스는 정류장에서 평소보다 몇 분 더 오래 서 있었을 것이다. 내가 외투를 대충 걸친 채 교과서들을 떨어뜨리며 언덕을 넘어 헐레벌떡 뛰어오기를 기다렸을 것이다. 누군가 날 기다려 준다고 생각하니 기분이 좋았다.

나는 커피를 마시며 집에 가정 의학책이 있으면 좋을 텐데, 하고 생각했다. 그런 책에는 아저씨에게 도움이 될 만한 이야기가 나와 있을지도 모른다. 하지만 집에는 메이 아줌마가 보던 스폭 박사의 『유아와 어린이 건강』이라는 낡은 책 한 권밖에 없었다. 아줌마는 내가 어릴 적 토할 때마다 그 책을 펼쳐 보곤 했다. 하지만 그 책을 뒤져 봤자, 부인을 잃고 힘들어하는 노인에 대해서는 아무런 도움말도 나와 있지 않을 것이다.

나는 텔레비전을 켜고 〈투데이〉라는 프로그램을 보았다. 혹시 운이 좋으면 거기 나오는 아트 울린 박사가 슬픔에 지쳐 늦잠을 자는 노인을 치료할 방법을 알려 주지 않을까 하는 터무니없는 희망에 매달려서 말이다. 하지만 그날 아침의 주제는 여드름이었고(클리터스가 그걸 못 본 게 안타까웠다), 그러니 이제 내가 알고 있는 상식 말고는 기댈데가 없었다.

그런데 상식적으로 따져 보니 내 안에서 또렷한 목소리가 들려왔다. 처음에는 너무 겁이 나서 귀를 막았다. 그러나 9시쯤 되자 나는 아저씨가 단순히 실수로 그런 게 아니라 마음이 지칠 대로 지쳐서 늦잠을 잤다는 결론에 이르렀다. 메이 아줌마에 대한 기다림에 지치고, 슬픔이 사라지기를 기다리는 데 지쳐서 말이다. 그리고 어쩌면 나와의 관계도 끝내 버렸는지 모른다.

얼마 안 있어 오브 아저씨가 발을 질질 끌며 방에서 나왔다. 아저씨는 옷을 갈아입는 것조차 귀찮은지 잠옷을 그대로 입고 있었고, 그 모습을 보자 냉기가 내 온몸을 뚫고 지나가는 것 같았다. 아저씨는 금방이라도 요양원이나 무덤에 들어갈 사람처럼 보였다. 나는 가슴이 찢어지는 듯했지만, 한편으로는 아저씨를 죽이고 싶을 만큼 몹시 화가 났다. 아저씨에게 생기를 되찾아 주려면 도대체 어떻게 해야 하는 걸까?

내가 아침을 차리는 동안, 아저씨는 코코아를 마시며 현관 창밖을 내다보고 있었다. 어느새 10시가 다 되었고, 나는 몹시 배가 고팠다. 평소에는 5시 45분에 아침을 먹었다. 메이 아줌마는 언제나 푸짐하고 따끈따끈한 아침 식사를 차려 주었다. 아줌마가 돌아가신 뒤, 오브 아저씨는 시리

얼과 토스트를 차려 주었다. 그리고 오늘은 내가 직접 아침을 준비하고 있다.

하지만 일단 식탁에 앉아서 먹기 시작하자, 서먹했던 분위기도 풀려서 우리는 이런저런 이야기를 나누었다.

나는 예전에 아저씨와 내가 흥미로워했던 애깃거리들을 열심히 찾았다. 개를 키우는 게 어떨까요? 읍내 철물점 총각은 술에 취한 거예요, 아니면 원래 말을 더듬는 거예요? 새봄에는 우리도 '잡초 귀신' 같은 제초제를 하나 사서 그 고물 자동차 주위에 난 잡초를 깨끗이 없애 버리면 좋겠죠?

하지만 잡초 귀신이 얼마나 효과가 좋은지 얘기할 즈음, 아저씨는 반쯤 남긴 아침 식사를 옆으로 밀어 놓고는 슬픈 눈빛으로 물끄러미 나를 바라보았다.

나는 입을 다물었다.

아저씨가 말했다.

"서머, 내가 그렇게 할 수 있을지 모르겠다."

"뭘요?"

아저씨는 고개를 저었다. 아저씨 눈에 다시 눈물이 고였다.

"나는 집안 살림을 전혀 모르잖니. 진작에 배워 뒀으면 좋았을걸. 하지만 이제는 너무 늦었고, 그래서 이 집을 꾸려 나갈 수 있을지 자신이 없구나."

아저씨는 바로 내 이야기를 하고 있었다. 나를 보살피는 문제를. 트레일러야 내버려 두어도 상관없다. 하지만 아저씨는 나도 가만 내버려 두면 알아서 살아갈 수 있다고는 생각하지 않는 것이다.

"아저씨, 제 일은 제가 알아서 할 수 있어요."

오브 아저씨는 힘겹게 침을 삼키더니, 잠시 목소리를 가다듬고 나서 입을 열었다.

"그 사람이 있었으면 네가 네 일을 알아서 하게 내버려 두지 않았을 텐데, 아가야. 우린 널 우리 손으로 잘 키우려고 여기로 데려왔어. 그 사람은 네가 바로 이곳에서 보살핌을 받으며 살 수 있기를 바랐지. 나 같은 늙은이가 너한테 무슨 도움이 되겠니. 그 사람이 가고 나니 나는 뭐 하나 제대로 하는 게 없잖니?"

이상하고 뜻밖이긴 하지만, 아저씨의 그 말을 듣자 나는 넋이라도 나갈 만큼 기뻤다. 왜 그런지 정확히는 알 수 없지만, 어쨌든 아저씨가 우리 상황이 좋지 않다는 걸 안다는 것은 아직 마음이 완전히 떠나지는 않았다는 뜻이다. 만약 아저씨가 늦잠을 자고 나서 하루 종일 잠옷 바람으로 앉아 미안하다는 변명만 되풀이했다면, 아니 더 심하게는 그런 행동을 아무렇지도 않게 생각했다면, 나는 아저씨를 포기할 수밖에 없었을 것이다.

하지만 아저씨는 자신이 생활을 제대로 꾸려 나가지 못한다는 사실을 알고 있었고, 그 점을 부끄러워할 줄도 알았다.

그 사실만으로도 나는 희망이 생겼다.

"아저씨."

나는 아저씨의 손을 잡았다.

"새 바람개비를 만들어 보세요. 잠시 다른 일에 열중하면서 시간을 보내시는 게 좋을지도 몰라요. 살림은 제가 할 수 있어요. 아저씨가 기운을 차리실 때까지 제가 살림을 꾸려 나갈게요."

그러나 아저씨는 지친 미소를 지었다.

"이 늙은이의 머릿속에는 만들고 싶은 바람개비가 하나도 없단다, 아가야. 내 머릿속에는 오로지 그 사람한테 이야기하고 싶은 생각밖에 없어. 우리를 두고 떠난 그 사람이 그립다는 생각만 하게 돼. 밭을 돌아다니고 또 돌아다니다 보면, 아직도 그 가엾은 사람이 눈앞에 어른거리고 꼭 그날처럼 내 심장이 얼어붙는단다. 다 끝난 일이건만,

난 그렇게 되지 않는구나. 도저히 떨쳐 버릴 수가 없어. 내 속엔 이제 바람개비가 없단다. 그 가엾은 할망구 생각밖에 없다구. 이 세상 누구도, 어떤 것도 내 생각을 메이한테서 떼어 놓지 못할 게다. 나도 그러기 싫단다. 어쨌든 나는 언제까지나 그 사람과 함께 있고 싶으니까."

나는 고개를 끄덕이며 아저씨의 팔을 어루만졌다. 내가 무슨 말을 할 수 있을까? 아저씨의 말은 한 치의 거짓도 없는 진실이었다. 그리고 나는 아저씨에게도, 나에게도 해답을 말해 줄 수 없었다. 나는 그저 아저씨한테 코코아를 한 잔 더 따라 주고 내 잔에도 커피를 더 따르고는 가만히 앉아 있었다.

그리고 나서 3시 25분에 클리터스 언더우드가 그 여행 가방을 들고 우리 집 문 앞에 나타났고, 우리는 마침내 오즈의 마법사가 어디에 있는지 알게 되었다.

7

"무슨 교회냐?"

오브 아저씨는 클리터스의 어깨 너머로 그 여행 가방에서 나온 신문 기사 쪼가리를 바라보며 물었다.

"심령 교회요. 글렌 메도즈 심령 교회라고 쓰여 있네요. 퍼트넘 군에 있대요."

두 사람이 소파에 앉아 이야기하는 동안, 나는 안락의자에 기대어 혹시 클리터스가 사람 행세를 하는 외계인이 아닐까 하고 생각했다. 그 아이는 아저씨나 내가 온갖 종류의 도넛을 다 준다고 해도 절대로 교회에 다니지 않으리라는 걸 잘 알고 있었다.

클리터스는 오브 아저씨한테 그 기사를 건네주면서 계속 떠들었다.

"그 교회 목사님은 죽은 사람들하고 이야기를 나눌 수 있대요. 교회란 모름지기 그런 일을 해야 한대요. 이 세상이랑 저세상을 연결해 주는 일을요. 이 교회는 보통 교회랑 달라요. 작년에 그 여자 목사님의 사진이 맘에 들어서 그 기사를 오려 놓았죠. '미리엄 B. 영 목사, 광활한 세계 속의 작은 매개자.' 멋지지 않아요? 나는 나중에 크면 꼭 신문 기사에 제목 붙이는 일을 해 보고 싶어요. 아무튼 이 목사님은 박쥐를 애완동물로 키운다고 '박쥐 여인'이라고도 한대요. 또 맨날 흰옷만 입어서 '흰옷의 여인'이라고도 하고요."

클리터스는 환하게 웃으면서 아저씨를 바라보았다.

"하지만 나는 '때맞춰 나타난 여인'이라고 하고 싶어요. 정말 딱 때맞춰 나타났잖아요. 더 늦기 전에 우리를 메이 아줌마한테 데려다 주려고 때맞춰서 내 가방 속에 나타난 거라고요."

아저씨는 웃지 않았다. 아저씨는 생각에 잠겨 있었다. 아마도 이 새로운 제안이 지난번 제안처럼 터무니없다고 판단하고, 만약 클리터스가 퍼트넘 군에 가자고 한다면 파

인빌 요양원에 가서 검사나 받아 보라고 말할 것이다. 그래, 그 말을 좀 더 부드럽게 표현하려고 단어를 고르는 게 분명했다.

마침내 아저씨가 입을 열었다.

"퍼트넘 군까지 가는 데 차로 얼마나 걸리지?"

나는 버럭 소리를 질렀다.

"아저씨! 지금 제정신이세요? 박쥐 여인인지 뭔지 만나러 퍼트넘 군까지 갈 순 없어요!"

오브 아저씨와 클리터스는 나를 빤히 바라보았다.

아저씨가 물었다.

"가면 왜 안 되는데? 학교 쉬는 날에 달리 할 일이라도 있는 거니?"

"학교 쉬는 날에요? 학교 쉬는 날, 퍼트넘 군에 간다고요? 심령술 교회에요?"

"그냥 심령 교회야."

클리터스가 내 말을 고쳐 주었다.

오브 아저씨가 클리터스에게 빙긋 웃어 보이며 내게 말했다.

"그래, 못 갈 거 없지. 아무튼 한두 가지라도 알 수 있을지 모르잖니?"

나는 행복하게 웃고 있는 아저씨의 얼굴과 빛나는 눈동자를 보았고, 적어도 얼마 동안은 아저씨가 아침에 일찍 일어날 이유를 찾아냈다는 사실을 깨달았다. 우리 셋이서 박쥐를 키운다는 그 여자 목사를 찾아가는 모습은 상상만 해도 바보스럽기 짝이 없었다. 하지만 그 덕분에 아저씨가 웃음을 되찾고 희망을 품게 된다면, 나는 기꺼이 아저씨를 따라나서야 했다.

"세 시간요."

클리터스가 대답했다.

"뭐라고?"

"거기 가는 데 세 시간쯤 걸릴 거라고요. 미리 지도를 찾아봤거든요. 길은 쉬워요. 고속도로로만 죽 따라가면 되니까요. 돌아오는 길에 찰스턴 시에 들러서 주의회 의사당에도 가 볼 수 있어요. 난 아직 한 번도 우리 주의회 의사당에 못 가 봤거든요. 하긴 롤리 군 중부랑 파예트 군 중부 지역 말고는 가 본 데가 없으니까. 겨우 이 정도밖에 못 가 봐서는 르네상스 인간이 되기 힘들지."

"무슨 인간?"

오브 아저씨가 물었다.

"르네상스 인간요. 역사 시간에 배웠어요. 옛날에 유럽

에는 르네상스 인간이라는 팔방미인들이 있었대요. 그림
도 그리고, 음악도 연주하고, 시도 쓰는 사람들요. 그러면
서 과학과 철학에 대해서도 토론했대요. 그러니까 여러 분
야에 대해 많이 아는 거죠. 그런 사람들을 르네상스 인간
이라고 했대요."

클리터스는 조금 빼기는 듯한 표정을 지었다. 그러더니
다시 활짝 웃으며 말했다.

"저는 그런 사람이 되려고 훈련하고 있어요. 딥 워터에
서도 르네상스 인간이 좀 나와야 하지 않겠어요?"

"하하!"

오브 아저씨는 웃으면서 클리터스의 무릎을 툭 쳤다.

"이 녀석, 퍼트넘에 다녀오면 렌터세앙스(Rent-a-Séance,
'심령 교회 임대'라는 뜻. 르네상스와 발음이 비슷하면서 심령이
라는 뜻이 들어가도록 오브 아저씨가 지어낸 말: 옮긴이) 인간
이 되었다고 으스대겠구나!"

두 사람은 즐겁게 웃어 댔지만, 나는 조용히 한숨을 쉬
고 냉장고로 가서 콜라를 꺼냈다. 클리터스가 금방 갈 것
같지 않았던 것이다.

그 애는 저녁때까지 우리 집에 있었다. 그러다가 아저씨
와 내가 땅콩버터로 저녁을 때울 게 분명해 보이자, 그제

야 집에 가겠다고 일어섰다.

클리터스는 그날 내가 왜 결석했는지 묻지 않았다. 오브 아저씨의 잠옷 차림에 대해서도 끝까지 한 마디도 하지 않았다.

그 애는 분명히 특별한 재능이 있다.

메이 아줌마도 그 애를 좋아했을 것이다. 오브 아저씨처럼 '기발하기 그지없는' 아이라고 칭찬해 주었겠지. 아줌마는 언제나 특이한 사람들, 얼핏 보아서는 도무지 이해가 가지 않는 사람들을 무척 좋아했다. 천국에서도 아줌마는 그런 사람들을 사랑하고 있을 것이다. 천국은 누구나 자유롭게 살아가는 곳일 테니까. 땅 위에서처럼 꼭 보통 사람들처럼 행동하지 않아도 된다는 것, 적어도 그것은 천국에서 누릴 수 있는 복 가운데 하나일 것이다.

오브 아저씨와 나는 토요일에 클리터스네 집에 찾아가기로 했다. 아저씨가 클리터스 부모님을 만나서, 다음 주에 퍼트넘 군에 갈 때 클리터스를 데려가도 좋다는 허락을 받기 위해서였다. 이제 곧 우리 셋은 아저씨의 밸리언트 자동차를 타고, 베들레헴으로 가는 동방 박사들처럼 메이 아줌마가 있는 곳으로 인도해 줄 별을 찾아 길을 떠날 것이다.

나는 두렵다. 나는 이미 많은 것을, 내게 중요한 것들을 잃었기에, 퍼트넘 군에 가서 더 이상 뭔가를 잃고 싶지는 않다. 클리터스는 항상 희망과 확신이 넘치는 것 같다. 그 애는 자기가 아저씨의 문제를 풀 열쇠를 발견했으니, 이제는 우리가 그 열쇠를 집으러 고속도로를 달려가기만 하면 된다고 생각한다.

하지만 그 박쥐 여인이 사기꾼이라면 나는 또 얼마나 많은 것을 잃을 것인가. 메이 아줌마가 우리 곁에 있지 않겠다고 하거나, 아예 퍼트넘 군에 나타나지도 않거나, 아저씨가 애타게 바라고 듣고 싶어 하는 말을 해 주지 않는다면, 우리는 이곳 딥 워터의 집으로 돌아와 봤자 아무 소용이 없을 것이다. 그때쯤이면 우리는 너무나 멀리, 돌이킬 수 없는 지점까지 나아가 있을 테니까. 다시는 가정을 이룰 수 없을 만큼 멀리.

클리터스는 이 점을 똑바로 알아야 한다.

8

메이 아줌마는 박쥐를 좋아했다. 우리가 찾아가는 그 여인도 박쥐를 좋아한다고 하니, 어쩌면 좋은 징조일지도 몰랐다.

예전에는 툭하면 트레일러 안으로 박쥐가 들어오곤 했다. 박쥐가 겨울잠을 자는 시기에는 거의 일주일에 한 마리씩 들어왔다. 한밤중에 문득 잠에서 깨면, 거실에서 박쥐의 보드라운 날갯짓 소리가 들렸다. 나는 그 낯선 기분을 어떤 면에서는 즐기면서 몇 분 동안 그대로 누워 있곤 했다. 그러고는 칭얼대면서 오브 아저씨와 메이 아줌마한테 가려고 일어났다. 그러려면 거실을 지나야 했는데, 트레일러 천장이 낮아서 박쥐와 눈이 마주칠 정도였다. 하지만 나는 조금도 무섭지 않았다. 나는 그 짐승을 좋아하는 사람과 싫어하지 않는 사람의 품에서 자라고 있었으니까. 나는 박쥐를 무서워할 이유가 없었지만, 나중에 좀 더 자라서 사람들이 대부분 박쥐라면 기겁한다는 사실을 알고는 두려움이란 과연 무엇일까 생각하게 되었다. 어쩌면 두려움이란 우리를 키워 주는 사람에게서 물려받는 게 아닐까.

메이 아줌마가 먼저 거실에 나와 길 잃은 박쥐에게 말을 건네곤 했다.

"가엾은 것. 얼마나 놀랐을까. 이런 고물 트레일러 같은 데 들어올 생각은 아니었을 텐데……."

그러면 잠시 뒤에 오브 아저씨가 눈을 비비면서 어슬렁어슬렁 걸어 나와 잠을 깨려고 일부러 심한 욕을 몇 마디 했다. 아저씨는 욕을 하는 것은 독한 술을 마시는 것과 같다고 했다. 욕을 하면 몸이 풀리면서 몸 속의 기관이 제대로 돌아가게 된다는 것이다.

그러고 나면 아저씨와 아줌마는 번갈아 가며 머리 주위로 날아다니는 박쥐한테 담요를 덮어씌우려고 애썼고, 얼마 안 있어 둘 중 한 사람이 담요를 싸 들고 나가 그 보드랍고 새까만 짐승이 어둠 속으로 자유롭게 사라지는 광경을 지켜보았다.

한번은 메이 아줌마가 실수로 박쥐에게 상처를 입힌 적이 있었다. 박쥐가 앉아서 자고 있는 창문을 확 열어젖히는 바람에 박쥐가 창문 틈에 끼이고 말았다.

아줌마는 그 박쥐를 살릴 수 있다고 생각했다. 아줌마는 상자에다 따뜻한 수건을 폭신하게 깔고 그 위에 박쥐를 누이고는, 바나나 조각과 아저씨가 뒤뜰에서 파낸 죽은 벌레들을 접시에 담아 넣어 주었다. 일주일 동안 우리 세 사람은 번갈아 가며 박쥐가 뭐라도 먹었는지 살펴보았다. 그러던 어느 날 내가 가 보니, 박쥐는 접시로 다가가서 마지막 남은 힘을 짜내어 바나나 조각을 핥고 있었다. 박쥐는 너무도 조그맣고 사랑스러웠다. 나는 그 날개 달린 작은 짐승이 살아나기를 간절히 빌었다. 하지만 이튿날 아침 박쥐는 죽어 있었고, 결국 메이 아줌마의 밭에 묻혔다.

그 일이 있고 나서 오브 아저씨는 마침내 사람을 불러다가 트레일러를 점검했고, 박쥐들이 난방 파이프를 통해 집 안으로 들어온다는 사실을 알고는 철망으로 파이프들을 죄다 막았다. 그 뒤로는 더 이상 길을 잃거나 무리와 떨어져 집 안에 들어온 박쥐들을 놓아주거나 땅에 묻는 일은 없었다.

그 주에 오브 아저씨는 한 번도 늦잠을 자지 않았다. 내가 학교 가기 전에 시리얼을 먹고 커피를 마시는 동안, 아저씨는 식탁 위에 지도를 펼쳐 놓고 꼼꼼히 들여다보거나 미국 자동차협회에서 나온 여행 안내서에서 웨스트버지니아와 오하이오 편을 훑어보았다. 나는 아저씨에게 뭘 찾고 있는지 묻지 않았다. 아저씨가 찾는 건 지도에서 찾을 수 있는 게 아니라는 느낌이 들었다.

드디어 토요일 아침이 되었다. 우리는 클리터스네 현관 앞에 서서 덜덜 떨며 문을 두드렸다.

클리터스네 집은 조그만 갈색 집으로, 다른 집의 차고만 했다. 그 집은 길가에서 꽤 떨어진 소나무 숲에 오롯이 들어앉아 있어서, 꼬마 애들이 보면 금발머리 꼬마 아가씨(『금발머리와 곰 세 마리』라는 동화의 주인공. 어느 날 숲속에서 금발머리 꼬마 아가씨가 비어 있는 곰 세 마리 집에 들어갔다가 잠이 드는데, 나중에 곰들이 돌아오자 도망간다: 옮긴이)가 곰 세 마리를 만났다는 그 집이라고 생각할 것 같았다. 2월의 찬 바람 속에서 그 집은 금방이라도 부서질 듯 연약하고 옹색해 보여, 나는 왠지 담요로 따뜻하게 감싸 주고 싶은 마음이 들었다.

오브 아저씨는 전에 그 집에 살던 아저씨하고 낚시를 자주 다녔다는 이야기만 했을 뿐, 집에 대해서는 별다른 말이 없었다. 그저 작고 멋진 집이라고만 했다.

현관문이 열리고, 그곳에 클리터스가 서 있었다. 순간 나는 이 아이가 정말로 지난 몇 달 동안 그 낡아 빠진 가방을 들고 우리 집을 들락거리던 아이인가 싶었다. 그 아이는 내가 알던 아이와는 전혀 달랐고, 그 집에 발을 들여놓기도 전에 나는 클리터스가 바로 이 집에서 사랑을 듬뿍 받고 있다는 것을 알았다. 그런 것을 단박에 알아차리다니 참 이상하다. 얼굴만 보고도 어떤 사람이 지극히 안정감이 있으며 힘과 애정이 넘친다는 것을 알 수 있다니. 그럴 때면 갑자기 그 사람이 무척 편해진다. 클리터스는 집에 있었고, 그래서 괴짜같이 굴지 않아도 되었다. 늘 그러듯 헤벌쭉 웃는 클리터스를 보니, 난생처음으로 그 애가 반갑게 느껴졌다.

"들어오세요."

클리터스가 옆으로 비켜서며 뒤쪽을 가리켰다. 거기에는 클리터스의 부모님이 서 있었다.

나는 그분들이 수줍음이 많고 사람들과 만나는 걸 서먹해한다는 걸 한눈에 알 수 있었다. 게다가 두 분은 생각보다 훨씬 나이가 많았다.

클리터스네 어머니는 꼭 말린 사과 같았다. 자그맣고 홀쭉하고 바싹 마른 모습이 꼭 그 집을 닮았지만, 환한 표정이 마음에 들었다. 그 아줌마와 악수를 할 때, 가냘프고 차가운 손가락들이 금방이라도 부러질 듯한 삭정이처럼 느껴졌다. 나는 아줌마가 금방 돌아가실지도 모른다는 걱정에 가슴이 아팠다. 나는 언제나 금방 떠나 버릴 사람들만 만나는 운명인가 싶기도 했다.

"안녕, 서머. 드디어 만나다니 정말 반갑구나."

아줌마가 상냥하게 말했다.

"고맙습니다. 저도 뵙게 되어서 기뻐요."

나는 아줌마의 깍듯한 인사에 어색해하며 대답했다.

클리터스네 아버지는 오브 아저씨와 악수를 나누다가, 아저씨가 건넨 말에 크게 웃었다. 덕분에 아저씨도 거리낌 없이 집 안으로 들어가, 그 집 식구들과 함께 왁자하게 웃었다.

클리터스네 아버지는 처음 본 순간부터 내 마음에 쏙 들었다. 잿빛 수염을 길게 길렀고, 조그마한 몸집에 허리가 구부정했다. 마치 꼬마 도깨비처럼. 게다가 아저씨의 뺨은 발그레한 장밋빛이었다. 아저씨는 악수 대신 한 팔로 나를 꼬옥 감싸 안아 주며 말했다.

"우리는 저 녀석이 널 집에 데려오기만 기다리고 있었단다. 크리스마스 때부터 저놈을 졸랐지."

나는 클리터스네 아버지의 품에 안긴 채 머쓱하게 클리터스를 바라보았다. 클리터스가 왜 나를 자기 집에 데려오지 않았는지 이제야 알 것 같았다. 지금까지는 클리터스네 부모님 때문인 줄만 알았다. 자기 부모님이 부끄러워서 내게 보여 주기 싫은 줄 알았다.

그런데 이렇게 상냥한 두 분을 만나고 보니, 클리터스는 부모님을 부끄러워하지 않았다는 것을 금방 알 수 있었다. 바로 나였다. 클리터스는 나라는 아이를, 쌀쌀맞은 내 태도를 부끄러워했고, 자신의 특이한 행동을 받아들이지 못하는 내 모습을 부모님에게 보여 드리기 싫었던 것이다. 자기를 사랑해 주는 부모님한테 자기를 벌레 보듯 하는 나를 차마 보여 드릴 수 없었던 것이다.

그 집에 들어선 지 5분도 되지 않아, 나는 그렇게 많은 것을 깨달았다.

우리는 좁은 거실에 모여 앉았다. 클리터스네 엄마가 부엌에서 의자를 하나 더 가져왔다.

오브 아저씨는 미적거리는 사람이 아니라서 곧바로 용건을 꺼냈다.

"저, 말씀 들으셨겠지만, 다음 주에 클리터스를 데리고 어디에 잠깐 다녀왔으면 합니다."

클리터스의 부모님은 말없이 고개만 끄덕이며 자세한 이야기를 기다렸다. 아저씨는 물론 준비를 해 왔을 것이다. 나는 아저씨가 클리터스네 부모님을 어떻게 설득하는 지 가만히 듣고 있었다.

아저씨가 말을 이었다.

"실은 작년 8월에 집사람이 세상을 떠났습니다. 그때부터 우리 서머가 고생이 말이 아니죠."

아저씨는 나를 바라보더니 슬프게 고개를 저었다.

"가엾은 것. 어쩌다 시간이 있어도 뭘 어떻게 해야 될지를 모르지 뭡니까. 그래서 이 아이를 데리고 잠시 여행이나 다녀올까 생각했죠."

나는 어안이 벙벙해져서 오브 아저씨를 바라보았다. 아저씨는 내 눈을 피하며 이야기를 계속했다.

"퍼트넘 군에 옛 친구가 살고 있어서 거기에 가 볼까 합니다만……."

퍼트넘 군에 간다는 것만큼은 사실이군, 하고 나는 생각했다.

"그런 다음 찰스턴 시에 들러서 주의회 의사당도 구경하고요. 클리터스가 가 볼 만한 곳이죠."

클리터스네 엄마는 사랑스럽다는 듯이 아들을 지그시 바라보았다.

오브 아저씨는 계속 말했다.

"잘 아시겠지만, 클리터스가 세상일에 워낙 호기심이 많더군요. 그래서 클리터스도 의사당을 구경하고 싶어 할 것 같아서요. 또 서머랑 클리터스는 아주 친하답니다. 거의 단짝이라 할 수 있으니까, 클리터스를 데려가면 서머한테도 좋을 거예요. 서머가 다른 생각을 털어 버리게 해 줄 테니까요."

아저씨가 나를 무척 안쓰럽게 바라보자, 나는 어이없다는 표정으로 아저씨를 마주 보았다. 클리터스의 부모님은 오죽하겠느냐는 듯이 나를 바라보면서, 자기들 앞에 있는 이 가엾은 아이를 위로할 말을 찾고 있는 것 같았다.

클리터스는 오브 아저씨가 "가엾은 것⋯⋯" 어쩌고 할 때부터 입을 딱 벌린 채 아저씨를 빤히 바라보기만 했다. 클리터스 같은 아이가 이렇게 당황해서 말문이 막히는 경우는 드물다. 클리터스도 나처럼 아저씨가 박쥐 여인과 퍼트넘 군에 가는 진짜 이유에 대해서 사실대로 털어놓을 줄 알았던 모양이다. 그 애는 오브 아저씨가 얼마나 능수

능란할 수 있는지 몰랐다. 그렇잖아도 아저씨를 숭배하던 클리터스가 이제 10점쯤 더 얹어서 아저씨를 우러러볼 게 뻔했다.

클리터스네 아버지가 먼저 입을 열었다.

"아이고, 괜찮습니다. 오히려 우리 아이가 폐를 끼치지 않을까 걱정이지요. 저 애가 여행을 다니면서 새로운 것들을 보고 싶어 하는 줄은 압니다. 하지만 저는 이렇게 허리가 꼬부라졌고, 집사람은 오른쪽 눈이 거의 안 보여서 예전처럼 돌아다니지 못한답니다."

나는 클리터스네 부모님이 편찮으시다는 이야기를 듣고, 클리터스도 나와 같은 심정인가 싶어 그 아이의 표정을 살폈다. 하지만 클리터스의 얼굴에는 두려움도, 걱정도 없었다. 더없이 담담하고 평온한 표정이었다. 나는 어떻게 그렇게 평온할 수 있는지 이해가 되지 않았다. 나는 벌써 클리터스네 아버지를 파예트빌에 모시고 가서 척추 지압 요법을 받게 해 드리고, 클리터스네 엄마의 오른쪽 눈을 고쳐 줄 약이 있는지 찾아봐야겠다고 마음먹고 있었다. 벌써부터 그분들이 돌아가시는 것을 막을 계획을 짜고 있는 것이다.

이번에는 클리터스네 엄마가 나를 바라보며 말했다.

"그런 일이 있었다니 참 안됐구나, 아가. 하느님께서 소중한 사람을 데려가시면 누구나 견디기 힘든 법이지."

갑자기 목이 메어 와 대답할 수가 없었다. 이렇게 다정한 사람들을 만나고 보니, 마음이 걷잡을 수 없이 약해졌다. 나는 울음이 터질까 봐 메이 아줌마 이야기를 입에 올리지 못했다.

그럭저럭 화제는 가벼운 이야기로 넘어갔고, 오브 아저씨와 클리터스네 아버지는 날씨 이야기며 도로에 세우고 있는 육교 이야기 따위를 주고받았다. 클리터스 아버지는 젊었을 때 기계공이었다며, 그걸 증명해 보이듯 손가락 두 개가 잘려 나간 손을 들어 보였다. 나는 오브 아저씨가 이에 질세라 2차 대전 때 해군으로 참전했다가 다친 곳을 보여 주려고 바지를 내릴까 봐 가슴이 조마조마했다. 아저씨는 허벅지에 일본군이 쏜 유산탄에 맞은 흉터가 있었다. 하지만 다행히 아저씨는 냉정을 잃지 않았고, 바지를 내리지도 않았다. 나는 안도의 한숨을 쉬었다.

아줌마가 내온 커피와 생강빵은 그때까지 먹어 본 것 가운데 최고로 맛있었다. 아줌마는 나더러 우유를 마시라고 했지만, 커피를 너무너무 좋아하는 열두 살짜리 여자애의 고집은 꺾지 못했다. 클리터스는 내가 다 커피 때문에 고

집불통이 되었으며, 작가들은 기나긴 소설을 써 나가는 동안 기댈 곳이 있어야 하는데 그러려면 싸구려 위스키보다야 커피가 낫지 않겠느냐고 너스레를 떨었다.

아줌마는 내게 커피를 한 잔 더 따라 주면서 재미있다는 듯이 눈웃음을 지었다.

나는 빵을 먹으면서 집 안을 열심히 둘러보았다. 집 안은 먼지 하나 없이 깔끔했다. 가구들도 소박하고 전등도 수수했다. 벽에 걸린 장식품도 몇 개 없었다. 그 가운데는 아줌마 아저씨가 어린 아기를 안고 찍은 사진이 있었다. 그 사진을 보니 클리터스와 나의 차이점이 생각났다. 모든 것이 잘 되리라고 믿는 클리터스. 모든 것을 잃을까 봐 전전긍긍하는 나.

사진 속의 두 사람은 비록 늙고 쇠약했지만, 클리터스가 이 세상에 첫 울음을 터뜨린 순간부터 그 아이를 꼭 안고 살아왔다. 그래서 클리터스는 그분들이 언제까지나 자신을 보살펴 주리라는 사실을 의심하지 않았다.

우리가 있는 동안 클리터스는 낡은 여행 가방도 꺼내지 않았고, 평소처럼 우리를 웃기려고 허풍을 떨거나 소문거리를 늘어놓지도 않았다. 그저 조용히 앉아 빙그레 웃으며 이야기를 듣고 사람들을 바라보기만 했다. 그런 모습을 보면서 나는 그 애가 우리를 어떻게 생각하는지 궁금했다.

어쩌면 그 애는 조금 다른 방식으로 현명한 아이인지도 모른다. 어쩌면 물에 빠졌다 살아난 일이 그 애한테는 가장 멋진 일이었는지도 모른다.

나는 클리터스처럼 메이 아줌마도 천국에서 다시 우리 곁으로 돌아왔으면 하고 간절히 바랐다.

오브 아저씨와 나는 따끈따끈한 빵과 커피가 넉넉한 클리터스네 집을 나섰다. 그 집에는 그 이상의 것이 있었다. 그게 무엇인지는 알 수 없었다. 하지만 집에 돌아온 후에도 흐뭇하고 평온한 여운은 사라지지 않았다. 덕분에 우리는 아저씨가 클리터스네 부모님에게 거짓말로 둘러댄 일을 이야기하며 깔깔대고 웃을 수 있었다. (아저씨는 "다들 우리처럼 생각이 자유롭진 않단다, 서머"라고 말하며 변명 아닌 변명을 했다.) 그리고 우리는 퍼트넘 군으로 떠날 채비를 하기 시작했다.

9

"그걸 다 가져가겠다고?"

클리터스는 왼손에는 음식 보따리를, 오른손에는 그 유명한 여행 가방을 들고 있었다.

클리터스는 너스레를 떨었다.

"글쎄 내 캐딜락 승용차도 같이 가져올까 했는데, 그건 봉투에 안 들어가더라구."

오브 아저씨가 트렁크를 쾅 닫으며 명랑하게 말했다.

"그만들 떠들고 어서 차에 타거라. 저승 세계와 만나기로 약속했으니까."

오브 아저씨와 나는 밸리언트 자동차의 앞자리에 탔고

(클리터스에게 앞자리를 양보할 생각은 눈곱만치도 없었다), 클리터스는 뒷자리에 앉았다. 그러고는 곧장 가방에서 잡지를 하나둘 꺼냈다.

내가 얼핏 고개를 돌려 잡지 이름들을 보고는 기가 막히다는 듯이 노려보자, 그 애는 이렇게 설명했다.

"크리지즈 할로에 사는 친군데…… 그 애가 준 거야. 걔네 집 뒷간에 십 년도 더 있던 거래."

내가 '욱' 하고 구역질을 하려는데, 오브 아저씨가 말했다.

"내 평생 가장 책을 많이 읽었던 곳은 우리 집 화장실이란다. 저속한 책들은 아니었어. 우리 아버지는 화장실에다 자동차 공학, 낚시, 남북전쟁에 관한 책들을 갖다 놓으셨지. 그것 말고도 여러 가지가 있었어. 덕분에 나는 설사가 나면 아주 신이 났단다."

그렇게 우리는 퍼트넘 군으로 가는 여행길에 올랐다.

클리터스와 오브 아저씨처럼 말 많은 두 사람이 한차에 탔으니 가는 동안 꽤나 시끄러울 것 같았다.

하지만 딥 워터를 벗어나 간선도로에 들어서기가 무섭게 우리 셋은 깊은 침묵 속으로 빠져들어, 차 안에는 나사가 풀린 라디오 부품이 덜그덕거리는 소리밖에 들리지 않왔다. 차 안에는 어떤 감정이 흐르고 있었다. 거의 슬픔에 가까웠지만, 슬픔은 아니었다. 슬픔보다 더 감미로운 느낌이었다. 오브 아저씨의 침묵은 메이 아줌마 때문이었다. 아마 아저씨는 퍼트넘 군으로 가는 길 내내 아줌마에게 돌아와 달라고, 아줌마 없는 세상을 혼자서 어떻게 살아가야 할지 일러 달라고 기도하고 있었을 것이다. 아저씨는 활기차 보였지만, 나는 아저씨가 겁을 먹고 있다는 것을 알았다.

그리고 클리터스. 내가 두세 번쯤 돌아보았는데, 그때마다 그 애는 산꼭대기에 천사들이 날아다니고 있기라도 한듯 열심히 쳐다보고 있었다. 그 얼굴이 무척이나 티없이 맑아서 꼭 아기 같았다. 저렇게 창밖을 바라보면서 저 애는 지금 무슨 생각을 하고 있을까?

나 자신의 침묵은 평화에서 비롯되었다. 차 안에서는 아무것도 필요 없었다. 내 곁에는 오브 아저씨가 든든하게 앉아 있었다. 뒷자리에서는 클리터스가 흐뭇해하고 있었다. 깜짝 놀랄 일도 없이, 마음 상할 일도 없이 우리는 앞으로 세 시간을 꼬박 그렇게 갈 것이다. 나는 창밖에 늘어선 산들과 그 산에 붙어 있는 조그만 집들을 바라보았다. 마당에 뒹구는 진흙투성이 장난감들, 녹아내리는 눈사람도 보였다. 사람들에게 따스함과 행복을 주는 굴뚝 연기. 질

척질척한 마당에서 개집에 묶인 채 자고 있는 개들. 나는 아무것에도 아무한테도 신경 쓸 필요가 없었다. 지금의 이 고요는 내게 내려진 깊디깊은 잠과도 같은 축복처럼 느껴졌다.

찰스턴 시가 가까워졌음을 알리는 도로 표지판이 나타나자 클리터스가 얼마나 안절부절못했는지, 처음에 나는 주유소를 찾아 잠깐 쉬어야겠다고 생각했다.

하지만 클리터스가 주 의사당 이야기를 꺼내는 것을 보니, 마음이 들떠서 그랬다는 것을 알 수 있었다.

클리터스가 아저씨에게 말했다.

"의사당을 한 번도 못 봤어요. 우리 주 역사책에 나오는 흑백 사진으로밖에는요. 그것만 봐도 눈이 휘둥그레질 정도였지만요. 그 둥그런 황금 지붕 아래서 높은 사람들이 법을 만들고 있겠죠. 그리스에 파르테논 신전이 있다면, 웨스트버지니아에는 의사당이 있다구요."

클리터스는 고개를 흔들고는, 차창 밖으로 막 지나치고 있는 뒤퐁 회사 공장을 바라보았다.

클리터스는 계속해서 말했다.

"날마다 웨스트버지니아 주 의사당에서 일한다면, 얼마나 멋질까."

바로 그 순간 나는 클리터스가 그런 일을 하는 장면이 선명하게 떠올랐다. 파예트 군의 하원의원으로 선출되어, 높은 사람들과 머리를 맞대고 중요한 법률을 제정하기 위해 찰스턴으로 차를 몰고 가는 광경이.

그리고 나서 클리터스가 비엔나 소시지 통조림과 〈래프인〉(1960년대에 미국에서 인기를 끌었던 텔레비전 프로그램: 옮긴이)의 재방송을 좋아한다는 사실을 떠올리고서야 나는 제정신으로 돌아왔다.

초록색 바탕에 흰색 글씨로 쓰여진 도로 표지판들은, 조급한 우리의 마음을 놀리듯이 '의사당 길'까지 아직 멀었음을 알려 주고 있었다. 그래도 우리는 콜럼버스가 대륙을 찾듯 눈을 부릅뜨고 그 둥근 금박 지붕이 나타나기만을 기다렸다.

그리고…… 마침내 둥근 지붕이 나타났다. 그 모습은 우리 세 사람 모두가 상상했던 것보다 훨씬 더 근사했다. 의사당 건물은 마치 폭이 넓은 치마를 입은 근엄한 여왕처럼 잿빛 콘크리트를 펼치고 서 있었고, 거대한 둥근 지붕은 아침 햇살 속에서 순금색으로 반짝이고 있었다. 나는 그 건물이 우리 주의 의사당이라는 사실이 낯설면서도 자랑스러웠다. 우리는 다른 사람들이 생각하는 것처럼 단순히 폐광 지역에 사는 생활 보호 대상자가 아니었다. 우리는 햇빛 속에 굳건히 서서 눈부시게 빛나는 장엄하고도 우아한 존재였다.

오브 아저씨는 운전을 하는 틈틈이 의사당을 구경하면서 큰길에서 벗어났다.

"정말 아름답구나."

아저씨가 세 번째로 갓길에 들어서며 말했다.

"아름답고말고요."

클리터스의 말소리가 들렸다. 클리터스는 눈앞의 광경을 삼켜 버릴 듯이, 의사당이 지나가기 전에 꿀꺽꿀꺽 빨리 삼켜 버릴 듯이 보였다. 그사이에 차는 의사당 앞을 지나 64번 주간도로(州間道路)로 향했다. 나는 클리터스가 여기서 멈추고 싶어 한다는 것을, 어쩌면 영원토록 이곳에 머물고 싶어 한다는 것을 알았다. 박쥐 여인 같은 것은 까맣게 잊고서.

오브 아저씨도 눈치를 챈 듯했다.

"걱정 마라, 얘들아. 내일 돌아오는 길에 저기 들러서, 하루 종일 구경하자꾸나. 역사 기록들도 살펴보고, 웨스트버지니아 주의 특산 공예품들도 보자꾸나. 그리고 나서는 의사당 커피숍에 들어가서, 상원의원들이랑 같이 점심도 먹

95

는 거야. 어쩌면 주지사님도 만날지 몰라. 그러면 나랑 클리터스는 주지사님한테 우리 주의 골치 아픈 문제들을 이렇게 해결하시라고 일러 줄 테다."

클리터스는 스스로 천국처럼 여기는 의사당에서 여전히 눈을 떼지 못했다. 그동안 자동차는 그 멋진 황금빛 지붕이 보이지 않을 때까지 계속 달렸다. 딥 워터와 그곳에서 지내던 우리를 뒤로 하고, 퍼트넘 군과 새로운 우리를 향하여. 우리는 오즈의 마법사를 찾아가는 세 손님이었다.

10

"죄송합니다만, 미리엄 영 목사님은 돌아가셨습니다."

우리는 글렌 메도즈 심령 교회였던 조그만 파란색 건물 문 앞에 서서, 이런 청천벽력 같은 소리를 들었다. 그 순간 우리 세 사람은 그 목사와 함께 캄캄한 낭떠러지로 떨어지는 느낌이었다.

그 교회까지 가는 길은 순탄했었다. 줄곧 고속도로를 달리다가 주유소에 들러서 기름을 넣고 전화번호부를 찾아 위치를 알아내서는, 아침 10시에 영 목사의 교회 문 앞에 도착했다. 아니, 한때 영 목사의 교회였던 곳에.

교회라는 것을 알려 주는 푯말도 보이지 않았지만, 오

브 아저씨는 심령 교회 같은 곳은 굳이 광고하지 않아도 사람들이 찾아온다며 느긋하게 차에서 내렸다. 아저씨는 이런 곳은 새로 오는 사람들을 떠들썩하게 맞이하는 데가 아니라고 했다. 그러자 클리터스도 어차피 여기에 찾아올 사람들은 텔레파시로 교회가 있는 곳을 아니까 굳이 푯말이 필요 없다고 우스갯소리를 했다. 하지만 나는 그렇게 좋은 쪽으로만 생각하지 않았다. 메이 아줌마가 돌아가신 뒤로는 언제나 실망할 때를 대비해 마음의 준비를 했고, 이번에도 마찬가지였다.

"어디로 돌아가셨는데요?"

클리터스가 바보처럼 물었다.

다람쥐를 닮은 그 남자는 우리의 바보에게 상냥하게 웃으면서 대답했다.

"그분은 숨을 거두셨단다. 작년 6월에 심령의 나라로 가셨지."

우리 세 사람은 말문이 막힌 채 그 자리에 서 있었다. 우리는 죽음에 끌려가지 않고 죽음을 뛰어넘어 우리와 메이 아줌마 사이에 가로놓인 장애물을 뚫기 위해 여기까지 왔다. 우리는 죽음을 제자리로 돌려보내기 위해 퍼트넘 군에 왔지만, 죽음은 거리낌 없이 우리를 다시 원점으로 되돌려

놓았다.

"그러는 아저씨는 누구세요?"

나는 예의도 잊어버리고 당돌하게 물었다. 어차피 더 이상 잃어버릴 것도 없었다. 나는 이 다람쥐 사내한테 몹시 화가 나서 싸움이라도 할 태세였다. 그 사내를 쥐어짜면 박쥐 여인이 나오기라도 할 것처럼.

하지만 내 눈을 들여다보는 그 사람의 표정에는 조금도 변화가 없었다. 그 사람은 다시, 여전히 상냥하게 웃더니 이렇게 말했다.

"나는 미리엄 목사님의 조카란다. 그분이 하시던 일을 정리하느라 여기서 당분간 살고 있지."

"아."

나는 아무 말도 떠오르지 않았다.

그때 마침 클리터스가 물었다.

"박쥐들은 다 어디 갔어요?"

그 다람쥐 사내는 껄껄 웃고는 이렇게 대답했다.

"자유롭게 날아갔단다. 영 목사님처럼."

그러는 동안 오브 아저씨는 한 마디도 하지 않았다. 아저씨는 우리 얼굴조차 보지 않았다. 영 목사님이 돌아가셨다는 이야기를 듣자마자, 아저씨는 고개를 돌려 교회 현관

옆쪽을 멍하니 바라보며 이마를 문질렀다. 아저씨가 당혹스러워하며 해결책을 찾으려 할 때 나오는 행동이었다.

하지만 클리터스와 내가 '광활한 세계 속의 작은 매개자'가 떠나 버린 이 교회 앞에서 괜한 질문만 하다가 말문이 막혀 서 있자, 오브 아저씨는 다시 돌아섰다. 돌아서서 그 남자에게 차분한 목소리로 말했다.

"나는 그 목사님이 우리 집사람을 만나게 해 줄까 해서 왔소이다. 그 사람과 이야기를 하고 싶었거든요."

아저씨가 그토록 간절히 찾았던 목사의 조카라는 사람은 아저씨의 상심한 얼굴에서 쓰라린 고통을 읽고는, 아저씨 어깨에 가만히 손을 얹고 말했다.

"정말 안타깝군요. 하지만 저에게는 우리 이모님 같은 영적인 능력이 없답니다. 여기 있는 사람들도 다 마찬가지지요. 다만 시손빌에 사는 사람을 하나 알고 있긴 한데, 혹시 그 사람이라면……."

아저씨는 손을 치켜들며 고개를 저었다.

"아뇨, 됐습니다. 우리는 이곳으로 인도받아 왔으니, 내 기대도 여기서 접어야지요. 망령 든 늙은이처럼 심령술사를 찾는다고 온 주를 싸돌아다닐 순 없소. 그럴 생각도 없고, 그러지도 않을 거요."

클리터스와 나는 서로 어떻게든 해 주기를 바라며 빤히 마주 보았다.

마침내 클리터스가 입을 열었다.

"아저씨, 저희한테 줄 만한 거 없으세요? 그 목사님이 교회에서 쓰시던 거라면 뭐든지 괜찮아요."

그래, 그것은 클리터스다운 생각이었다. 얻을 만한 물건이나 손에 쥘 수 있는 물건, 그 비닐 가방에 간직할 수 있는 물건을 바라는 것. 클리터스는 언제나 뭔가를 모으고 싶어 하니까.

목사의 조카가 말했다.

"글쎄다, 목사님이 새 신자들한테 나누어 주시던 안내서가 있긴 한데. 그거라도 가져갈래?"

클리터스는 고개를 끄덕였다.

목사의 조카는 오브 아저씨를 건너다보며 말했다.

"찾는 동안 잠시 안으로 들어오시죠. 커피 한 잔 드시겠습니까?"

하지만 아저씨는 말없이 고개만 저었다. 핏기 하나 없는 아저씨의 얼굴은 고통으로 일그러져 있었다. 나는 아저씨의 괴로움을 덜어 주고 싶었지만, 내가 할 수 있는 일이라곤 그저 클리터스가 그 다람쥐 사내한테 안내서를 받기를 기다렸다가 집으로 돌아가는 것뿐이었다.

그 남자는 반으로 접은 흰 종이를 한 장 들고 다시 문 앞에 나타났다. 그는 다시 한 번 미안하다고 사과한 뒤, 나중에 혹시 자신의 도움이 필요하면 언제든지 연락하라며 전화번호를 적어 주었다. 그러고 나자 우리의 모든 희망이었던 그 교회의 문이 닫히고, 우리는 다시 우리만의 세상으로 돌아왔다.

우리는 묵묵히 자동차로 걸어가서는, 한동안 잠자코 차 안에 앉아 있었다. 나는 오브 아저씨가 이제 어떻게 할 것인지 결정하기만 기다렸다. 우리는 읍내에 있는 여관에 방까지 미리 잡아 놓았었다. 그리고 다음 날, 그러니까 목사님이 오브 아저씨와 메이 아줌마를 연결시켜 주고 만사가 잘 해결되고 난 다음 날에는 주 의사당을 구경하기로 했다. 그곳에서 하루 종일 의원들과 허물없이 어울린 다음, 집으로 돌아가 다시 삶을 시작할 수도 있었을 것이다.

하지만 이제 겨우 오전 11시였다. 길을 떠난 지 겨우 세 시간밖에 안 되었는데, 벌써 모든 것이 와르르 무너져 내려 버렸다. 우리 자신도 함께.

오브 아저씨는 한숨을 푹 쉬고 말했다.

"그냥 집에 가는 게 좋겠구나, 얘들아."

아저씨는 차에 시동을 걸었고, 우리는 그 작은 파란색 건물 안에 잠든 모든 영혼들한테서 서서히 떨어져 나왔다. 클리터스도, 나도 말이 없었다. 우리가 나서서 해결하기엔 너무 조심스러운 상황이라는 걸 그 애도, 나도 잘 알고 있었다.

그날 아침 우리는 침묵 속에서도 행복했지만, 집으로 돌아가는 길에는 암울한 정적이 무겁게 짓누르고 있었다. 아저씨의 표정은 참담했다. 나는 아저씨가 갓길에 차를 세우고는 덜컥 숨을 거둘까 봐 겁이 났다. 클리터스는 심령 교회 안내서를 펴 놓고 그것만 뚫어지게 들여다보았다. 나는 창밖을 내다보며 치밀어오르는 슬픔을 애써 삼키면서 제발 뭐라도 나타나서 아저씨와 나를 구해 주기를 간절히 기도했다. 아저씨가 정말 심각한 타격을 받았음을 절실히 느꼈기에.

64번 주간도로를 벗어나서 고속도로에 들어서자, '의사당 길'을 가리키는 도로 표지판들이 보였다. 표지판이 스쳐 지날 때마다 클리터스가 눈을 들어 바라보는 걸 느낄 수 있었다. 얼마 안 가서 의사당이 나타났다. 클리터스가 이다음에 꼭 결혼하고 싶어 하는 아름다운 콘크리트 여왕이.

강변도로를 따라 달리는 동안, 아무도 입을 열지 않았

다. 클리터스를 생각하니 마음이 아팠다. 클리터스가 이 세상에서 가장 간절히 바라는 일은 저것, 저 웨스트버지니아 주의 주의회 의사당을 구경하는 것이었다. 하지만 나는 클리터스를 거기에 데려다줄 힘이 없었다. 우리는 도로 남쪽에 있는 다리를 향해 달렸다. 그 다리로 들어서서 강을 건너면 클리터스의 의사당과는 영영 안녕이다. 이대로 딥 워터에 돌아가면 텅 빈 트레일러와, 살아갈 의지를 잃은 노인과, 낡아 빠진 비닐 가방을 보물단지처럼 떠받드는 정신 나간 바보, 그리고 내 삶으로 되돌아가게 된다. 나는 몇 시간 전만 해도 우리의 가장 간절한 소망을 들어주었던 그 금빛 지붕을 돌아보지 않으려고 앞만 똑바로 보고 있었다. 그러다가 의사당이 시야에서 사라지려는 순간, 그러니까 우리가 마지막 미련을 뒤로한 채 옛날 생활로 돌아가자고 체념한 순간, 오브 아저씨가 말했다.

"자, 이 고물차를 돌려 볼까."

그리고 아저씨는 정말 그렇게 했다. 밸리언트 고물차를 돌려서 왔던 길로 되돌아갔다. 저 빛나는 성을 향하여. 내 가슴은 쿵쿵 뛰기 시작했다. 클리터스는 뒷자리에서 앞으로 몸을 쑥 내밀었다.

클리터스는 물어보기도 겁난다는 듯이 물었다.

"정말로 가긴 가는 거예요? 의사당 보러요?"

오브 아저씨가 말했다.

"점심때가 다 됐구나. 주지사님은 커피숍에 계시겠지? 재미있는 사람이 들어오나 지켜보면서 말이야."

오브 아저씨는 어깨를 쫙 펴고, 조금은 느긋해진 표정으로 말했다.

"주지사님을 실망시킬 수야 없지."

11

메이 아줌마는 우리가 사람으로 태어나기 전에는 모두 천사였다고 했다. 그리고 사람으로서의 삶이 끝나면 다시 천사로 되돌아간다고. 그러면 다시는 고통을 느끼지 않아도 된다고 했다.

그런데 사람들은 왜 이 지상에 머무르고 싶어 할까? 왜 그런 끔찍한 고통을 견디면서도 이곳에 머무르려고 할까?

예전에는 죽음이 두려워서 그런 줄만 알았다. 하지만 지금 생각해 보니, 사람들은 헤어지는 것을 견딜 수 없어 하는 것 같다.

메이 아줌마는 운이 좋았다. 아줌마는 오브 아저씨에게

작별 인사를 하면서 딱 한 번 마음 아프면 그만이었을 테니까. 그리고 나서 천사가 되면 더 이상 아픔을 느끼지 않을 테니까.

그렇지만 오브 아저씨. 아저씨는 한 번 아픔을 겪고 나서도 계속 아파해야 했다. 집 안 곳곳에서 메이 아줌마의 빈자리를 느낄 때, 아줌마가 숨을 거둔 밭을 걸을 때, 그리고 아줌마의 자리를 덩그러니 남겨 둔 채 침대에서 혼자 잠들 때에도.

아저씨는 너무나 큰 아픔을 겪었다. 하지만 그 끔찍한 시간들을 겪고도 아저씨는 바로 여기, 이 지상에 머무르기로 했다. 뜻밖에도 다시 살고 싶어 했다. 나는 아저씨가 나 때문에 살고 싶어 한다고 여기고 싶다. 나와 헤어지는 일은 생각도 할 수 없어서라고.

우리가 퍼트넘 군을 떠나서 집으로 돌아오던 그날, 아저씨에게 무슨 일인가 일어났다. 죽은 영 목사의 교회를 떠나 웨스트버지니아 주 의사당의 콘크리트 계단에 오를 때까지, 그 길 위에서 무슨 일인가 일어나 아저씨에게 살고 싶다는 열망을 되살려 주었다. 그것이 무엇인지는 나도 모른다. 나는 아무것도 하지 않았는데, 그 일이 일어난 것이다. 나는 아저씨가 퍼트넘 군의 교회 문 앞에서 모든 것을 포기했다고 지레짐작하고는, 최악의 사태에 대비해 마음의 준비를 하고 있었다. 그런데 무슨 일인가 아저씨에게 일어났다. 아저씨가 고물차를 의사당으로 돌린 것이다.

우리 셋은 의사당 바로 옆에 적당한 장소를 골라 차를 세우고는, 차에서 내려 마치 고향에 돌아온 사람처럼 자연스럽게 의사당으로 들어갔다. 우리는 움츠러들지 않았다. 이곳에 처음 왔다는 사실도 개의치 않았다. 우리는 어머니 품에 안긴 듯 푸근했고, 당연히 와야 할 곳에 왔다는 느낌마저 들었다.

클리터스는 뭐든지 만져 보고 싶어 했다. 복도를 지날 때에도 벽에다 손을 살짝 대고 걸었다. 우리는 환한 진열창이 나타날 때마다 걸음을 멈추고 구경했다. 그리고 문마다 쓰여 있는 이름을 읽어 보았다. 안내서란 안내서도 다 모았다. 클리터스는 모든 사람을 다 안다는 듯 지나가는 사람들에게 미소를 지어 보였다.

그러는 동안 오브 아저씨는 줄곧 클리터스에게도 나에게도 마치 어머니처럼 다정하게 대했다. 아저씨는 클리터스와 함께 박물관 진열창을 들여다보고, 클리터스의 어깨에 팔을 살짝 얹은 채 누렇게 바랜 옛날 신문을 읽곤 했다. 내가 멋진 진열창 앞에 서서 잔디밭에서 노는 비둘기와 다람쥐, 그리고 웃음을 터뜨리면서 산책하는 예쁜 여자들을 바라보고 있으면, 아저씨는 내 곁에 와서 내가 아주 어렸을 때처럼 내 뒷머리를 쓰다듬어 주었다.

우리는 의사당 커피숍에 들어가서 혹시 주지사가 와 있나 살펴보았지만, 그날은 주지사가 다른 곳에 간 것 같았다. 그래서 우리는 그곳에 와 있던 말쑥하게 차려입은 남자들과 여자들이 주고받는 이야기를 엿듣는 것으로 만족했다. 그 사람들은 으리으리한 사무실에서 가죽 의자에 앉아 있다가 내려와 의사당 커피를 마시며 한가로이 쉬고 있었다. 클리터스는 애타는 눈빛으로 그들을 바라보았고, 나는 클리터스의 꿈이 무엇인지 알고 있기에 언젠가 그 꿈을 이룰 수 있기를 기도했다. 하지만 나를 위해서는 아무것도 기도하지 않았다. 뭔가에 희망을 걸기에는 두려움이 너무 컸다.

우리는 눈에 띄는 대로 의사당 건물 구석구석까지 다 구경했다. 그런 다음 그 옆에 있는 '과학문화회관'으로 가서 그곳에 있는 모든 것에 흠뻑 젖어들었다. 그 회관의 선물 가게에서는 우리 주 사람들이 손수 만든 물건들을 팔았는데, 그것을 본 클리터스가 아저씨한테 바람개비를 가지고 와서 팔라고 했다. 아저씨도 진지하게 생각해 보는 눈치였다. 아저씨는 정원에 식물을 심기 전에 계획을 세우는 사람처럼 가게 안을 둘러보았다. 머릿속에서 바람개비들을 진열하며 그 분위기를 따져 보는 듯 구석구석 꼼꼼히 살폈다.

하지만 가게 문을 나서면서 아저씨는 클리터스에게 이렇게 말했다.

"내 바람개비들을 진열할 곳이 필요하긴 하지만, 여긴 아닌 것 같구나."

우리는 상원의원을 비롯한 의원들 사이에서 5시까지 있다가, 그들이 집으로 돌아가려고 주차장으로 나가자 글렌 메도즈 여관에 전화를 걸어 예약을 취소했다. 그리고 우리도 우리 차가 있는 곳으로 왔다. 나는 클리터스에게 앞자리를 내주었다.

마침내 집에 도착했을 때는 캄캄한 밤이었다. 자동차 헤드라이트 불빛이 무성한 잡초 사이에 앉아 있는 고물차를 비추었다. 오는 동안 우리는 말이 없었지만, 외롭고 고통스러운 침묵은 아니었다. 그냥 피곤했다. 머릿속에서는 많은 생각이 오갔지만.

우리는 각자 짐을 들고 차에서 내렸다. 오브 아저씨는 우리 집 소파가 얼마나 잠자기 편한지 이야기하며 클리터스를 꼬드기고 있었다. (아저씨는 부모님이 왜 일찍 왔냐고

물으면 대답하기 곤란하니까, 클리터스더러 우리 집에서 자고 가라고 했다.) 나는 메이 아줌마를 생각하고 있었다.

그때 뭔가가 내 머리 위로 날아갔다.

우리는 모두 엇, 하고 숨을 삼켰다. 너무나 소리 없이 날아와서 다들 뜻밖이었다. 밝은 달빛 아래 날개 그림자가 또렷이 드러났고, 우리가 뭐라고 말하기도 전에, 내가 "잠깐만!" 하고 소리치기도 전에, 올빼미는 깊은 어둠 속으로 사라져 버렸다.

그 순간 아줌마가 떠올랐다. 메이 아줌마가 생각났다.

나는 울음을 터뜨렸다. 메이 아줌마가 돌아가신 뒤, 나는 한 번도 제대로 울어 보지 못했다. 그저 아줌마의 빈자리를 견디는 데 급급해서 지난 두 계절 동안 내 속에 차오르던 눈물을 안으로 삼켜 왔다. 하지만 그 올빼미가 눈 앞에서 사라지고 이제 이 세상에서는 메이 아줌마를 두 번 다시 만날 수 없다는 사실이 처음으로 뼛속 깊이 와닿자, 더이상 눈물을 참을 수가 없었다.

울고 또 울어도 눈물은 그치지 않았다. 그러자 오브 아저씨가 나를 번쩍 안아 올리더니, 클리터스가 열어 준 문을 지나 내가 꼬마일 적에 수없이 그랬듯이 내 방에 데려다주었다. 하도 많이 울어서 배와 목이 화끈거리고 욱신거리는데도, 나는 침대에 공처럼 웅크린 채 온몸의 기운이 다 빠지도록 울었다. 아저씨는 나를 꼭 끌어안고는, 내가 울음으로 쏟아 내는 생명보다 더 많은 생명을 나한테 불어넣어 주었다. 아저씨는 아무 말도 하지 않았다. 그저 내 몸 속의 눈물이 다 빠져나가서 가뿐해질 때까지 나를 안고, 크고 튼튼한 손으로 눈물을 닦아 주었다.

마침내 어느 정도 진정이 되자, 나는 아저씨에게 조그맣게 속삭였다.

"메이 아줌마가 너무너무 보고 싶었어요."

그러자 아저씨가 대답했다.

"아줌마는 여기 있단다, 아가. 사람들은 늘 우리 곁에 있단다."

나는 아저씨 어깨에 머리를 기댔다. 아저씨가 아직도 내 곁에 있다는 게 무척이나 고마웠고, 트레일러 안 어딘가에서 가만히 기다리고 있을 클리터스도 고마웠다. 나는 눈을 감고 젊은 나이에 돌아가신 가엾은 엄마와 메이 아줌마의 부모님, 그리고 사랑하는 메이 아줌마를 생각했다. 하지만 이제 그분들을 생각하는 것이 아프거나 두렵지 않았다. 내 마음에는 고요한 평온이 깃들었고, 나는 그분들을 생각하다가 어느덧 눈물도 마른 채 깊은 잠 속에 빠져들었다.

아가야, 오브 아저씨와 내가 너를 처음 보았을 때, 너는 무척 부끄럼을 탔단다. 네 커다란 눈동자는 마치 애타게 사랑을 기다리는 강아지 같았지.

네가 나한테 필요한 아이라는 걸 나는 한눈에 알아보았지. 그래서 저녁을 먹고 난 뒤 아저씨를 뒷문 밖으로 데리고 나가서 말했단다.

"여보, 저 아이를 집으로 데려갑시다."

그래, 아저씨도 저녁 식사를 하는 동안 주눅이 들어서 말도 제대로 못 하는 너를 지켜보았다더구나. 우유를 다 마셨는데도 코니 프랜신한테 우유 좀 더 달라는 말을 못 하더라고. 아저씨는 슬퍼하는 아이가 있으면 금방 알아본단다.

아저씨는 이렇게 말했지.

"오늘 당장 데리고 갑시다."

우리는 곧장 네 짐을 꾸려서 너를 이곳에 데려왔단다. 그 사람들은 신경도 쓰지 않더구나. 오하이오에 사는 우리 친척들 말이야. 좋은 사람들이긴 하지만, 누구나 부족한 점은 있게 마련이란다.

네가 왔을 때 처음 며칠 동안은 너한테서 손을 뗄 수가 없었단다. 기억나니? 내가 하루 종일 네 머리를 매만지고 빗기고 예쁜 리본을 매 주던 일을. 나는 귀여운 여자아이를 키우는 게 평생 소원이었는데, 드디어 그 소원이 이루어진 거야. 나는 하느님이 뭔가 이유가 있어서 나한테는 그런 기회를 주시지 않는가 보다 생각하고 체념했었단다. 하느님은 그렇게 오랜 세월 동안 내가 차분히 기다리도록 하신 거야. 네가 태어나고, 네 가엾은 엄마가 숨을 거두고, 오브 아저씨가 우유 한 컵 더 달란 말도 못 하는 너를 볼 때까지.

우리가 돈이 없어서 너한테 정말 필요한 것들을 해 주지 못할까 봐 걱정이 많았단다. 나는 머리가 동그란 인형들이 사는 커다란 플라스틱 집을 얼마나 사 주고 싶었는지 몰라. 기저귀에 오줌 싸는 큼직한 아기 인형도. 그리고 날마다 네게 분홍 옷과 노란 옷을 입혀 주고 싶었단다. 왜, 찰스턴에 유리로 지은 큰 상가 있잖니. 나는 그 큰 백화점에 널 데리고 가서 꼬마 숙녀에게 어울리는 분홍색이랑 노란색 옷이며 장신구를 몽땅 사 주고 싶었단다.

하지만 우리는 가진 게 별로 없었어. 아저씨도 나도 그래서 몹시 속상했단다. 아저씨는 너한테 나무 인형을 만들어 주었지. 나는 너한테 예쁜 옷을 입히려고 날이면 날마다 굿윌 가게를 이 잡듯이 뒤졌고. 하지만 그런 것만으로는 부족하다는 걸 우리도 잘 안단다. 정말 미안하구나.

어느 날 밤늦게 너랑 나랑 밖에 나간 적이 있었지? 왜 그랬었냐 하면…… 네가 고양이 울음소리가 난다면서 같이 나가 보자고 그랬지. 기억나니? 그래서 우리는 외투를 걸치고 밖에 나갔어. 그날 밤엔 유난히 탐스러운 보름달이 환히 떠서 손전등도 필요 없었지. 길 잃은 새끼 고양이가 있나 싶어서 헛간 쪽으로 가는데, 컴컴한 헛간에서 갑자기 커다란 올빼미가 우리 쪽으로 날아오지 뭐냐. 세상에, 그렇게 큰 짐승이 어쩌면 아무 기척도 없이 날아왔을까. 너하고 나는 소리도 내지 못했지. 그냥 손으로 입을 막은 채 동상처럼 빳빳이 굳어서 그놈이 어둠 속으로 사라지는 광경을 바라보고만 있었어.

그때까지 나는 올빼미를 한 번도 보지 못했단다. 그런데 네가 우리 집에 온 지 2, 3주도 되지 않아서 올빼미가 나를 찾아온 거야. 나는 네가 우리에게 그렇게 좋은 일만 해 줄 줄 알았단다. 그렇게 좋은 일들만 가져다 주리라는 걸.

한때는 왜 하느님이 너를 이제야 주셨을까 의아해하기도 했지. 왜 이렇게 다 늙어서야 너를 만났을까? 나는 집 안이 좁을 만큼 뚱뚱한 데다 당뇨병으로 고생하고 있고, 아저씨는 해골처럼 삐쩍 마르고 관절염까지 앓고 있으니 말이야. 3, 40년 전에 너를 만났다면 쉽게 해 줄 수 있었던 일들을 이제는 해 주지 못하잖니.

하지만 그 문제를 생각하고 또 생각해 보니, 어느 날 답이 떠오르더구나.

하느님은 우리 마음이 더욱 간절해지길 기다리신 거야. 아저씨와 내가 젊고 튼튼했으면 넌 아마도 네가 우리한테 얼마나 필요한 아이인지 깨닫지 못했을 테지. 넌 우리가 너 없이도 잘 살 수 있을 거라고 생각했겠지.

그래서 하느님은 우리가 늙어서 너한테 많이 의지하고, 그런 우리를 보면서 너도 마음 편하게 우리한테 의지할 수 있게 해 주신 거야. 우리는 모두 가족이 절실하게 필요한 사람들이었어. 그래서 우리는 서로를 꼭 붙잡고 하나가 되었지. 그렇게 단순한 거였단다.

나는 아저씨에게 당신은 나의 달님이고 해님이라고 입버릇처럼 말했지. 그리고 서머, 우리 사랑스러운 아기가 우리한테 왔을 때, 너는 내게 빛나는 별님이 되어 주었단다.

너는 내가 만난 꼬마 숙녀들 중에서 최고로 멋진 아이란다.

12

이튿날 아침 눈을 떠 보니, 눈부신 황금빛 햇살이 창문으로 쏟아져 들어왔다. 어느새 봄이 성큼 다가와 있었다. 이제 곧 메이 아줌마가 심은 수선화가 필 것이다.

부엌에서 커피 향기와 베이컨 굽는 냄새가 풍겨 왔다. 누군가 나를 위해 아침 식사를 준비하고 있었다.

부엌에 가 보니 클리터스가 아침을 차리면서 신문에서 읽었다며 몸에 저절로 불이 붙는 사람들 이야기를 장황하게 늘어놓고 있었다. 그러자 오브 아저씨는 커다란 플라스틱 그릇에 달걀을 깨어 넣으면서 그런 이야기는 하나도 믿지 않는다고 대꾸했다.

내가 "안녕히 주무셨어요?" 하고 인사하자, 두 사람도 환하게 웃으며 잘 잤냐고 대답했다. 우리 세 사람은 모든 걸 잊고 세상에서 가장 맛있는 달걀과 베이컨을 먹었다.

식사가 끝난 뒤, 오브 아저씨가 말했다.

"오늘 아침에 우리 셋이서 할 일이 있단다."

그리고 얼마 후, 우리는 바람개비들을 집 밖으로 날랐다.

우리는 메이 아줌마가 토마토 줄기를 묶었던 막대기와 널조각들을 있는 대로 갖고 와서 텅 빈 밭에 꿈과 천둥과 불의 바람개비들을 가득 세웠다. 그중에는 메이 아줌마의 영혼인, 눈부시게 새하얀 바람개비 '메이'도 있었다.

갑자기 클리터스가 트레일러 안으로 뛰어 들어가더니, 영 목사의 교회에서 얻어 온 안내서를 가지고 나왔다. 우리는 메이 아줌마가 사랑했고, 작물들이 싱그럽게 자라던 밭에 서 있었고, 클리터스는 이제 마음껏 빙글빙글 돌고 나부끼며 살아갈 곳을 찾은 바람개비들에게 멋진 축복의 말을 선사하려고 안내서를 열심히 뒤적였다.

마침내 클리터스가 축복을 내렸다.

"영혼의 소리가 담고 있는 진정한 사명은 무엇인가? 그것은 인생의 슬픔에 잠긴 우리에게 위안을 주려 하나 니……."

오브 아저씨와 나는 마주 보며 웃었다. 큰 바람이 쏴아 불어와 모든 것을 자유롭게 날려 보내 주었다.

절제의 미학으로 그려 낸 열두 살 소녀의 그리움

서머가 메이 아줌마를 처음 만난 것은 여섯 살 때였다. 당시 서머는 엄마를 잃고 의지할 데 하나 없이 낯선 친척집을 전전하고 있었다. 서머의 표현에 따르면 "항상 누군가가 해야만 하는 숙제 같은 신세였던" 시절, 오하이오의 친척집에 다니러 온 메이 아줌마와 오브 아저씨가 이 어린 꼬마를 발견한다. 꼬마는 저녁 식사를 하는 동안 주눅이 들어서 말도 제대로 못 하고 있었다.

아줌마와 아저씨는 이 가엾은 꼬마를 '작은 천사'라고 여기고 자신들의 집으로 데려간다. 집이라고 해 봤자 다 쓰러져 가는 녹슨 트레일러로, 아줌마와 아저씨는 서머를 맡기에는 힘겨워 보일 만큼 가난하다. 나이도 많고, 몸도 건강하지 않다. 그러나 이들에게는 이 모든 어려움을 뛰어넘을 수 있는 절대 무기가 있다. 바로 '사랑'이다. 아홉 살 때 산골짜기에 밀어닥친 홍수로 부모님을 잃은 아줌마의 아픔, 아저씨의 성치 않은 몸에서 잉태된 이 깊고 넉넉한 사랑으로 어린 서머는 "마침내 집을 찾았다."

그러나 이 행복은 그로부터 6년 뒤 하루아침에 깨지고 만다. 밭을 매던 아줌마가 "눈부시게 새하얀 영혼이 되어" 천국으로 떠난 것이다. 이제 집은 "지옥 같은 어둠"이며, "더 이상 집이라고 부를 수 없는 이곳"으로 변했다. 아저씨는 집 안 곳곳에서, 밭에서 아줌마의 빈자리를 느낄 때마다 슬픔에 젖는다. 가족은 해체 위기에 놓이고, 이 위기 앞에서 이제 겨우 열두 살인 서머는 아줌마의 죽음을 슬퍼할 겨를이 없다. 오브 아저씨의 찢어진 가슴을 치유할 길을 찾지 못하면, 아저씨도 돌아가시고 말 것 같다.

아저씨마저 메이 아줌마 뒤를 좇아 떠나 버린다면, 나는 저 바람개비들에 둘러싸인 채 혼자 남게 될 것이다. 그래서 우리는 지금, 밤 같은 정적 속에서 간절히 기도하고 있다. 날개를 달라고. 멀리 날아갈 수 있도록 우리에게 진짜 날개를 달라고.

일상 속에서 함께 살아가던 사람이 사라진다는 것, 부재(不在)한다는 것은 '그 사람'의 부재인 동시에 한 공간 속에서 그와 함께 있었던 '나'의 부재를 뜻한다. 곧 그 존재의 상실과 더불어 '나'의 상실이 초래되는 셈이다. 그 상실과 부재의 공간을 메우고, 살아남고, 살아가는 것은 이제 살아 있는 자들의 몫이다. 그러기 위해서는 먼저 그들 마음속에 응어리져 있는 부재와 상실의 아픔과 화해해야 한다. 작가는 그 화해의 열쇠를 '사랑'에서 찾는다.

지금 메이 아줌마가 여기 있다면, 나와 클리터스에게 말했을 것이다. 사람이든 물건이든 우리에게서 떨어져 나가려는 것들은 꼭 붙잡으라고. 우리는 모두 함께 살아가도록 태어났으니 서로를 꼭 붙들라고. 우리는 모두 서로 의지하며 살아가게 마련이니까.

사랑하는 사람을 잃은 아픔을 열두 살 소녀의 관점에서 다룬 이 작품은, 등장인물이나 이야기 줄거리, 배경 등 구조적인 면에서 매우 극적이다. 그러나 작가는 사랑하는 사람의 부재가 초래한 결핍과 상실의 아픔을 쉽게 터뜨리지 않고 그 슬픔을 서서히 몰고 나간다.

슬픔은 서머와 오브 아저씨가 클리터스와 함께 아줌마의 영혼을 만나러 밭으로 나갔을 때 터질 수도 있고, 늘 아침 일찍 일어나던 오브 아저씨가 더 이상 아침에 일어날 이유를 찾지 못해 평생 처음으로 늦잠을 자고 일어나서 한 줄기 눈물을 흘리는 장면에서 터질 수도 있다. 그러나 작가는 시종일관 열두 살 소녀의 눈을 따라 담담하게 서술하는데, 이 때문에 슬픔의 깊이가 점점 커져 간다. 울어야 할 때 울지 못함으로써 긴장이 더욱 높아지는 상태로, 마치 작은 파도들이 밀려와 더 큰 물결 속에 합류하여 언젠가 크고 거센 파도로 몰아치는 것과 같은 형국이다.

서머는 어릴 적 부모를 잃고 이집 저집 전전했던, "모든 것을 잃을까 봐 전전긍긍하는" 존재이다. 아줌마나 아저씨의 존재 역시 가난하고 슬픈 과거를 갖고 있지만, 작가는 어디에서도 그런 것을 눈에 띄게 강조하지 않는다.

아줌마가 사라진 생활 속에서 느끼는 그리움도 마찬가지다. 작가는 서머의 눈과 입을 빌려 아줌마의 부재가 몰고 온 그리움을 큰 사건이 아닌 '작은' 사건들을 통해 서술한다. 아줌마의 영혼을 만나러 밭에 나갔을 때 오브 아저씨가 들려주는 이야기는, 서머가 생각하는 것처럼 아저씨가 그렇게나 갖고 싶어하던 대패톱을 사 준 일이라든가, 서머가 수두에 걸려 심하게 앓았을 때 32시간 뜬눈으로 간호한 일과 같은 '크고 극적인' 것들이 아니다. 모두 일상의 소소한 것들로, 아저씨의 아픈 무릎을 저녁마다 하루도 빠짐없이 연고로 문질러 주던 일, 집안일을 하던 아줌마가 창 너머로 그네를 타고 노는 꼬마 서머를 내다보며 "서머, 우리 귀여운 아기, 세상에서 제일 예쁜 우리 아기" 하고 다정하게 불러 주던 일 같은 것이다.

이러한 기법은 작가의 '한 단어도 버릴 것이 없는 절제된 언어' 속에서 빛을 발한다. 격렬한 슬픔을 다룰 때조차 작가는 '담담한 서술'로 일관하는데, 문장 길이로 보나 서술 호흡으로 보나 문체는 만연체적이지만 이 담담한 서술 태도 속에는 만연체에서 흔히 볼 수 있는 '화려하고 현란한 묘사'가 없다. 영어를 전공했고 문학적 기초가 탄탄했던 작가가 온갖 화려한 서술을 놔두고 일상의 작은 사건과 담담한 표현을 택한 것은, 작품의 성격을 살리기 위한 절제의 미덕으로 보인다. 덕분에 작품은 '깊이와 넓이'에서 상당한 흡인력을 지니게 되었다. 이 세련된 작품을 통해 부재의 아픔 속에서 사랑이라든가 그리움 같은 인생의 절대적 진실을 돌이켜보게 되는 것은 이러한 절제의 미학 덕분이다.

마침내 아줌마의 영혼을 만나러 떠났던 길고 고단한 여행이 끝나고 캄캄한 어둠 속에서 서머가 울음을 터뜨릴 때, 그리고 꿈속에서 아줌마의 독백이 흘러나올 때, 작품을 읽는 내내 우리 안에 고여 있던 눈물도 함께 쏟아져 나온다.

어린 시절, 부모의 이혼으로 작가는 웨스트버지니아의 춥고 가난한 산마을에 사는 할머니와 할아버지 손에서 자랐다. 그 외롭고 힘들었던 시절, 작가는 가난 속에서도 스스로에 대한 긍지와 자부심을 잃지 않았다고 한다. "나는 그 건물이 우리 주의 의사당이라는 사실이 낯설면서도 자랑스러웠다. 우리는 다른 사람들이 생각하는 것처럼 단순히 폐광 지역에 사는 생활 보호 대상자가 아니었다. 우리는 햇빛 속에 굳건히 서서 눈부시게 빛나는 장엄하고도 우아한 존재였다"라는 묘사처럼, 작가는 물질적으로 궁핍한 가운데서도 존재의 숭고함과 고귀함을 잃지 않았던 것이다. 그리고 고귀한 것들 속에 존재하는 '본질'을 통찰하고, 그 가운데 하나였던 '사랑'을 자신의 어린 시절을 바탕으로『그리운 메이 아줌마』에서 유감없이 펼쳐 보였다.

이 진솔한 작품에 대해 세상은 1993년 뉴베리 상과 보스턴 글로브 혼북 상, 미국 도서관 협회가 선정한 '최우수 청소년 작품'과 스쿨 라이브러리 저널이 선정한 '올해의 최고 우수작' 등 수많은 상으로 보답했다. 『그리운 메이 아줌마』는 작가 라일런트의 어린 시절의 그림자와 그 견고한 세계관이 짙게 배어 있는, 소중한 역작이다.

햇살과나무꾼

그리운 메이 아줌마
Missing May

2017년 7월 3일 1판 1쇄

지은이　신시아 라일런트
옮긴이　햇살과나무꾼
편집　김태희, 장슬기, 나고은, 김아름
디자인 기획　PaTI(파주타이포그라피학교)
　　　　　　아트디렉션 오진경, 디자인 이주은, 그림 김지애
제작　박흥기
마케팅　이병규, 양현범, 박은희
인쇄　천일문화사
제책　J&D바이텍

펴낸이　강맑실
펴낸곳　(주)사계절출판사
등록　제406-2003-034호
주소　(10881) 경기도 파주시 회동길 252
전화　031)955-8588, 8558
전송　마케팅부 031)955-8595　편집부 031)955-8596
홈페이지　www.sakyejul.co.kr
전자우편　skj@sakyejul.co.kr
페이스북　facebook.com/sakyejul
인스타그램　www.instagram.com/yoloyolo_book

값은 뒤표지에 적혀 있습니다. 잘못 만든 책은 구입하신 서점에서 바꾸어 드립니다.
사계절출판사는 독자 여러분의 의견에 늘 귀 기울이고 있습니다.

ISBN 979-11-6094-052-7 04840
ISBN 979-11-0694-050-3 (세트)

이 도서의 국립중앙도서관 출판시도서목록(CIP)은 서지정보유통지원시스템 홈페이지
(http://www.nl.go.kr/cip.php)와 국가자료공동목록시스템(http://www.nl.go.kr/kolisnet)에서
이용하실 수 있습니다.(CIP제어번호: CIP2017013571)